双葉文庫

書き下ろし 長編初体験エロス

エスプリは艶色

新藤朝陽

目次

エスプリは艶色《つやいろ》

プロローグ

「おはよー、健太《けんた》君！」

白川麻衣子《しらかわまいこ》が明るく元気に声をかけてくる。

真夏の朝陽《あさひ》をいっぱいに浴び、今朝《けさ》も颯爽《さっそう》と自転車を飛ばしてきた。前籠《まえかご》にたくさんの朝刊を山積みにした新聞配達用自転車が、派手なブレーキ音を響かせ、森口《もりぐち》家の前で停まる。

「麻衣子さん、おはようございます！」

計《はか》ったように、五時四十五分ぴったり。濃い緑に囲まれた山間《やまあい》の小さな町に、凛《りん》とした早朝の空気が立ち込める。

「はい、新聞。毎日、早起きね」

麻衣子の可愛らしい笑顔に、健太も相好《そうごう》を崩す。

アーモンド色のセミロングの髪をトレードマークの白いリボンで一つに束《たば》ね、Tシャツにショートパンツという軽快な格好で風を切って現れた。

麻衣子は大学の一年生。新聞奨学生として配達員をしている。

こぼれるような笑みを浮かべながら、麻衣子が朝刊を差し出した。腕を伸ばした拍子に、爽やかな汗が玉になって首筋を流れた。

汗を吸った白いTシャツが健康的に膨《ふく》らんだ胸に張りつき、ピンク色のブラジャーが薄っすらと透けて見える。デニムのショートパンツから剝《む》き出しになった、小麦色の太腿《ふともも》が眩《まぶ》しかった。

健太はなんとなく意識してしまい、目のやり場に困る。

「す、涼しい朝のうちは、勉強もはかどるから……」

「さすが受験生。えらいえらい！」

健太は夏休みを迎えたばかりの高校三年生だ。キャプテンを務めていたサッカー部も引退し、学校と自宅の往復という、単調で灰色の日々を送っていた。

一カ月ほど前のある日。

たまたま早起きをして新聞を取りに家の郵便受けを見に行ったときに、配達に来た麻衣子と出逢った。

清純で真っ直ぐな性格を感じさせながらも、どこか愛嬌のある可愛らしい顔立ち。くりくりとした黒目の大きな瞳が、とても印象的だった。

アヒル口なので、唇を結んでいても笑っているように見える。それがひとたび口を開けて本当に笑うと、キュートさと色気を併せ持った不思議な魅力を醸《かも》し出し、健太の心をさらにときめかせた。

あまりの眩しさに、その時の健太は緊張してしまい、まともに挨拶《あいさつ》さえできなかった。それなのに麻衣子は、人懐《ひとなつ》っこい笑顔で、優しく話しかけてくれた。

これこそが運命の出逢いだと思った。

それ以来、早起きして麻衣子から朝刊を受け取るのが、健太の一番の楽しみになった。雨が降ろうが風が吹こうが、欠かしたことはない。

「暑いからって、エアコンをつけっぱなしでお昼寝とか、しちゃだめよ。受験生にとって風邪《かぜ》は大敵なんだから」

新聞を手渡しながら、麻衣子が笑顔でウインクした。それだけで胸が破裂しそうなくらいドキドキしてしまう。

でも、なんだか子供扱いされたみたいで、健太はちょっと面白くない。

話をしていても、麻衣子が健太のことを可愛い弟のように思っていると感じることがたびたびあった。いくら歳下《としした》だからといって、一人の男として対等に見てほしいと思う。

この一カ月、数分間とはいえ毎朝会話を続けている。二人の距離もだいぶ近づいてきている実感があった。

「麻衣子さんこそ、暑いからってあんまり薄着で寝ちゃだめですよ。意外と可愛いお腹を出して寝てたりして」

健太なりに背伸びをして返事をしたつもりだ。

「あらっ、どうしてあたしがいつも裸で寝てるって知ってるの？」

「えっ……は、裸？」

頭の中に麻衣子の淫《みだ》らな姿が現れた。キュートな笑顔に不似合いなほど淫靡《いんび》な裸体が、艶《なま》めかしく寝返りを打つ。

健太は茹《ゆ》でた蛸《たこ》みたいに真っ赤になって、言葉を失ってしまう。

「冗談よ。いたいけな高校生をからかっちゃいけなかったね」

「な、なんだ。冗談か。もう……麻衣子さん、人が悪いなぁ……」

健太はしどろもどろになって頭を掻《か》く。

「ふふふっ。ごめんごめん」

悪戯《いたずら》を見つかった子供のように、麻衣子が舌を出して笑う。そんな姿もたまらなく可愛い。

健太にとって、何ものにも代えがたい至福のひとときだった。

「じゃあね。勉強、頑張ってねー」

「麻衣子さんも気をつけて――」

再び自転車を走らせる麻衣子の後ろ姿を、健太はいつまでも見送っていた。

キュッと引き締まったショートパンツのヒップが、ペダルを漕《こ》ぐたびにサドルの上で、右に左に大きく揺れる。

（ほんと、いい尻だなぁ）

麻衣子が通りの角を曲がって見えなくなると、健太は深い溜息《ためいき》をついた。

自室に戻ると、健太はベッドに寝っ転がる。

早起きしたのには、理由があった。もちろん、早朝から受験勉強をするためではない。

スエットパンツとボクサーパンツをまとめて膝まで下ろす。

すでに健太の肉棒は、ぎんぎんに勃起《ぼっき》していた。

針で刺したらパンッと大きな音を立てて弾《はじ》けてしまいそうなほど膨らんだ亀《き》頭《とう》。先端からはボクサーブリーフの股間に大きな染みを作ってしまうほど、大量の先走り液が滲《にじ》み出ていた。

もう、我慢できない。

実は麻衣子と話をしていたときから、ずっとそういう状態になっていたのだ。

これが早起きする理由だった。健康な男子高校生としては、至極《しごく》当然のことだろう。

ベッドの上で目を瞑《つぶ》った。

閉じた瞼《まぶた》の裏側に、すぐに麻衣子の悩ましい姿が浮かび上がる。熱く脈打ち始めている肉棒を、ぎゅっと握り締めた。

〈健太君、もうこんなに硬くなってる。エッチなミルクがいっぱい溜まっちゃってるのね。昨日だって、あんなにたくさん出したばかりなのに……〉

麻衣子が細くしなやかな指で、健太のペニスを握った。

妄想の中では、健太の手は麻衣子のものに置き換わっている。

（ああっ、麻衣子さんが可愛すぎるからですよ）

〈年上のお姉さんに向かって、可愛いなんて、生意気な子ね。こうしちゃうんだから〉

ベッドに上がってきた麻衣子が、パールピンクに輝く人差し指の爪で、ペニスの先端、それも尿道の入り口あたりをちょんちょんと突いた。

（あうっ、あうっ……）

びくんっびくんっとペニスが大きく跳ねる。

〈健太君ったら、まるで女の子みたいな声を出して。そんなに気持ち良いの？〉

気持ち良いに決まっている。麻衣子みたいな可愛い人に尿道を弄《いじ》られて、気持ち良くないわけがない。

（麻衣子さん、たまんないです！）

〈じゃあ、これはどうかな？〉

麻衣子の柔らかそうな唇が開き、艶《つや》やかな赤色をした舌が伸びてきた。ぺろりと亀頭をひと舐めする。

（くうううううっ！　やばいです！）

気持ち良すぎて泣きそうだった。

先端からとめどなく溢れ出る先走りの蜜を、いやらしくくねくねと動きまわる舌先が、ねっとりと掬《すく》い上げる。赤黒く腫れ上がった亀頭から麻衣子のキュートな唇まで、銀色の糸がスーッと伸びた。

麻衣子の健康的な笑顔との対比が、あまりにもいやらしすぎる。

〈健太君、こんなに溜まったままじゃ、勉強なんて手がつかないよね？〉

もともと勉強なんて、全然進んでいない。予備校の夏期講習だって、ぼやぼやしているうちに、申し込み期限が過ぎてしまった。

三年生の夏休みと言えば、受験勉強で最大の盛り上がりを見せなければいけない時期なのに、健太はまだ志望校さえ絞り込めていない。

それどころか、自分が将来どんな道に進みたいのかも、漠然《ばくぜん》としたままだった。

そんなだから、受験勉強にまったく身が入らない。

とにかく今は、麻衣子のことを考えながらオナニーをすることで、頭の中がいっぱいなのだ。

（麻衣子さん……今日もお願いします！）

〈じゃあ、いつものように、お口で、し・て・あ・げ・る〉

麻衣子がTシャツの裾《すそ》をクロスした両手で摑《つか》むと、そのままバンザイをするように頭上高くに上げた。Tシャツを一気に脱いでしまう。

小ぶりだがツンと尖《とが》った形の良いおっぱいが、健太の目の前に飛び出してくる。雪のように白い肌に、ピンク色のレースのブラジャーがとてもよく映《は》える。

〈ブラは、してたほうがいい？　それとも取ったほうがいい？〉

そんなことは聞かれるまでもなかった。

（もちろん、取ったほうがいいです！）

〈せっかく健太君に見てもらおうと思って、すごく可愛いブラをしてきたのにな〉

麻衣子が頬をぷくっと膨らませた。怒った顔もたまらなく可愛い。

上目遣いで健太のことをじっと見ながら、両手を背中に回した。コケティッシュな笑顔で小首をちょっとだけ傾《かし》げる。

次の瞬間、ぷつんっとホックが弾け、ブラジャーが白い肩から滑り落ちた。

〈やんっ！〉

麻衣子が慌てて両手で胸を押さえる。いわゆる手ブラというやつだ。

いくら小ぶりのおっぱいとはいえ、さすがに麻衣子の小さな手のひらからこぼれ落ちんばかりに、柔らかな乳肉がはみ出している。

ちょっと照れたように、はにかんで笑う。もうその笑顔だけで、健太はイキそうになってしまう。

妄想の中でも、手ブラは外してもらえない。というか、情けないことに童貞《どうてい》の健太にとっては、麻衣子のおっぱいは想像の範疇《はんちゅう》を超えているのだ。

〈じゃあ、いただきまーす〉

パンティ姿の麻衣子に、パックリと咥《くわ》えられた。どこまでもキュートで明るい。

(くぅううううううぅー)

麻衣子が可愛らしい顔を桃色に上気させながら、じゅるじゅると音を立ててペニスを吸い上げる。

麻衣子は左手だけで両乳を隠すと、右手で健太の睾丸《こうがん》を優しく揉みほぐしたり、そうかと思うと今度は上に伸ばしてきて、くりくりと乳首を摘まんだりした。深く呑み込んだ性棒への唇奉仕を続けながらの、睾丸と乳首へのダブル攻撃。

健太の興奮はあっという間に頂点に達する。

(ああっ、もうだめだ! はっ、はうううっ……溶けちゃうよ……)

きつく瞼を閉じたまま、右手を超高速で動かす。

あまりにも気持ち良すぎて、もう完全に泣いていた。

はたから見れば、高校生の男子が自室のベッドの上で下半身を丸出しにして、必死でオナニーしながら泣いているという、なんとも情けない状況だ。

それでも健太にとっては、これは正真正銘の真剣な恋だ。

麻衣子との出逢いは、ひとめぼれだった。無気力な生活をしている健太にとって、麻衣子は唯一と言ってもいい心の拠《よ》り所《どころ》なのだ。

もっともまだ童貞の健太には、たとえオナニーであってさえ、セックスを想像することができない。どんなに熱い思いで妄想しても、フェラチオまでが精一杯というところだった。初心《うぶ》な恋心だ。

「ああっ、麻衣子さん！　出るっ！　出ちゃう！」

思わず本当に声を出してしまった。

熱いマグマが怒濤《どとう》のように一気に吹き上がる。慌てて枕元のティッシュボックスに手を伸ばしたが、間一髪《かんいっぱつ》で間に合わなかった。

「うっ！　くうぅぅぅ……はうううっ！」

どぴゅっどぴゅっと、大量の精液が激しく飛び出した。

麻衣子のことを思ってオナニーしたときは、自分でも驚くくらい勢い良く飛ぶ。ポロシャツの胸はおろか、一部は顔まで飛んでいた。

たった今、自分が出したばかりのものなのに、頬に感じる温度は体温よりはるかに熱い。

「うわっ、やべぇ。自分で顔射《がんしゃ》しちゃったよ」

ティッシュで顔にかかった精液を拭《ぬぐ》う。

「はぁ……」

情けなかった。

もやもやとしたものが、胸の中に蓄積していく。自分でもどうしていいのかわからなかった。

「エッチしたいなぁ……それも、本物の麻衣子さんと……」

たっぷりと射精したというのに、ペニスは鎮まる様子はなかった。麻衣子のことを思うとき、健太の胸とペニスは、きゅんっとなる。

これぞ童貞の恋だ。

「ああ、麻衣子さんに逢いたい……」

しかし、その次の日から、麻衣子は健太の前から姿を消してしまった。

翌日の早朝。

いつもの時間に現れたのは麻衣子ではなく、新聞専売所の所長の森口晃二朗《こうじろう》だった。晃二朗は健太の父親の弟、つまり健太の叔父《おじ》ということになる。

麻衣子のことを待っていた健太は、晃二朗が現れたので驚いた。冷静に考えればあり得ないことだが、動揺した健太は、麻衣子をオカズにオナニーしていたのがバレたのかと思った。

しかし、そうではなかった。晃二朗によると、麻衣子は当分の間、仕事を休むことになったらしい。

(昨日はあんなに元気そうに見えたのに……いったいどうしたっていうんだ？)

麻衣子の笑顔が思い出される。

「叔父さん！　麻衣子さんはどこか具合でも悪いの？　ねえ、教えてよ！　麻衣子さんは大丈夫だよね？　絶対に戻ってくるよね？」

必死の形相で詰め寄る健太を見て、晃二朗が驚く。

「なるほど、そういうことかい。健太もそういう歳になったかぁ」

晃二朗が意味ありげな顔で何度も大きく頷《うなず》きながら、健太を見つめる。

思いつめた顔で麻衣子のことを心配する健太に、最初は思案していた晃二朗だったが、やがて静かに話を始めた。

麻衣子は市内の大学に通う一年生で、高校三年生のときに父親を亡くし、母と弟と三人暮らしをしていた。生活は決して楽ではなく、大学には新聞奨学生制度を使って通っていた。

父親は従業員を五十人ほど抱える会社の社長だった。家族思いの優しくて明るい性格で、麻衣子は父親のことが大好きだった。

経営者として人望も厚く、人から頼られると放ってはおけない性格で、誰からも尊敬され好かれていた。

麻衣子の自慢の父親だった。

ところが突然、会社が大変なことになる。信じていた共同経営者が大金を持ち逃げしてしまい、資金繰りがおかしくなってしまったのだ。

麻衣子の父親は、社員やその家族の生活を守ろうと必死で駆けずり回った。しかし、それまで麻衣子の父親に散々世話になってきた人たちは、まるで手のひらを返したように支援を断った。

まさに、金の切れ目が縁の切れ目だった。

会社は倒産し、莫大な負債が残った。

父親は失意の中で脳梗塞《のうこうそく》に倒れ、亡くなってしまった。それが一年前、麻衣子が高校三年の秋のことだった。

父親の保険金は、会社の借金ですべて消えた。家族はたちまち生活にも困るようになった。

麻衣子はそれ以来、徐々に人間不信になっていった。身近な人間が信じられなくなってしまった。

初めのうちは家族のために元気に振る舞っていた麻衣子だったが、少しずつ笑顔が失われていった。そしてついに、麻衣子の心は硬く閉ざされてしまったのだ。

晃二朗の話を聞いていた健太の目に、たくさんの涙が溢れていく。

「それなのに……麻衣子さんは僕の前ではいつも笑顔で……昨日だって、笑顔でおはようって……」

「本当の苦しさを知っていたからこそ、健太にも優しくなれたんじゃないかな」

晃二朗も話しながら、洟《はな》を啜《すす》っていた。無精髭《ぶしょうひげ》に覆われた顔をくしゃくしゃにしている。

「麻衣子さん、毎朝僕に、勉強頑張ってねって、言ってくれたんだ」

「ほんとなら、他人の心配なんてしてる場合じゃないのにな」

「僕、麻衣子さんの力になってあげたい……」

晃二朗が暗い顔のまま、小さく首を振る。

「今はだめだ。しばらくは家に籠もって、一人で静かにしていたいそうだ。彼女には休むことが必要なんだよ」

「僕に何かできることはないの？」

晃二朗が溜息をつきながら言った。

「信じて、待っていてやりな。健太の思いは、いつかきっと通じるから」

麻衣子は初恋の人なのだ。その麻衣子が、心の中ではそんなにも苦しんでいたなんて……。

自分が情けなかった。

健太にとって、麻衣子は心の支えだった。しかし、本当は健太こそ麻衣子の支えになってあげなければいけなかったのだ。

（そうだ！　大学に行って、心理学を勉強しよう。心理カウンセラーになって、麻衣子さんや他にも同じように悩んでいる人たちの力になってあげたい）

今までは大学でいったい何を学びたいのか、ずっと迷っていた。将来の目標がなかった。だから受験勉強も本気になれなかった。

でも、今は違う。目標がはっきりしたのだ。絶対に頑張れる気がした。いや、頑張ってみせると強く思う。

(麻衣子さんを支えられるような、大人の男になるんだ。そしてもう一度、麻衣子さんに逢いに行くんだ)

心の底から闘志が湧いてくる。

それからの半年間、寝る間も惜しんで勉強した。勉強して勉強して勉強した。

まさに死に物狂いだった。

すべては、麻衣子への思いからだ。

そして、春。

見事に志望校に合格した。

第一章　美女の手ほどき

1

この春から、健太は東京の大学に通う学生になった。初めての一人暮らしだ。学費や生活費は親に頼ることなく、新聞奨学生制度を利用して頑張ってみることにした。麻衣子と同じ境遇に自分の身を置いてみたかったのだ。

これも健太の決意の表れだった。

あらためて調べてみてわかったのだが、この新聞奨学生制度というのは苦学生にとって実に素晴らしい制度だった。

慢性的に不足している新聞配達員を確保するため、新聞社と販売店が協力して運営している制度で、朝夕刊の配達と購読料の集金をすることを条件に、入学金や授業料などの学費はもちろん、住居や食事の面倒まで見てもらえる。

ただしそのためもあってか、いろいろと複雑な事情を持つ人たちが集まりやすいとも言われていた。

かくして、健太の希望に燃える学生生活が始まった。

三月下旬の土曜日。

穏やかな陽気の日が続き、桜の木も蕾《つぼみ》を膨らませている。東京でも春の足音が近づいてきていた。

「本日からお世話になる森口健太です！」

大きな声で挨拶《あいさつ》した。

午後の毎朝《まいちょう》新聞の専売所。ちょうど夕刊の配達時間のため、配達員たちは誰もいない。いるのは所長の伊藤善助《いとうぜんすけ》と妹の保奈美《ほなみ》の二人だけだ。

健太が配属になったのは、渋谷《しぶや》や新宿《しんじゅく》のようなテレビでよく観る大きな街ではなく、古い商店街と町工場ばかりの下町だった。

正直言って、聞いたこともないような街だ。

普通の田舎《いなか》の若者としてそれなりに都会への憧《あこが》れを抱いていた健太は、さすがに少しがっかりした。

しかし、別に住むところなんてどこだっていいと、すぐに思い直す。

麻衣子を支えられるような大人の男になるために、東京の大学でしっかりと勉強するのだ。チャラチャラと遊ぶために上京したわけではない。

あらためて背筋を伸ばした。

「よろしくお願いしますっ！」

「こちらこそ、よろしく頼むよ」

善助がニコニコと挨拶を返す。まだ三月末だというのに、上半身は白いタンクトップ一枚だ。

真っ黒に日焼けした胸や腕の筋肉が、見事に盛り上がっていた。

それが自慢なのだろう。鍛え上げられた肉体は、とても四十九歳には見えない。

「はい、頑張ります！」

「おおっ、元気そうだな。ガタイも良いし、何かスポーツでもやっていたのかい？」

「はい！　高校ではサッカー部のキャプテンでした」

健太の答えを聞いて、善助が嬉しそうに微笑《ほほえ》みながら、何度も頷いた。

「そうかぁ、サッカー部のキャプテンかぁ……女の子にモテモテだったろう」

「いえ、男子校だったんで……」

「うん？　男子校だったの？　そりゃあいい！　良かったら俺と一緒にジムでボディビルをやらないか？　若い男の子、それも男子校出身の子には、特別丁寧《ていねい》に教えてあげることにしているんだ」

「はあ……ありがとうございます。でも、それはちょっと……」

日焼けしたモリモリの肉体を誇示《こじ》するように、善助がボディビルのポージングをしながら、その顔を健太に寄せた。善助の目がまっすぐに向けられる。

外見によらず、少女漫画の登場人物のようにキラキラした目だった。健太の額《ひたい》を冷や汗が流れる。

「ちょっとぉ、兄さん。顔が近いわよ。ち・か・い・の！　健太君が怯《おび》えてるじゃない！」

隣に座っていた保奈美が、二人の間に割って入った。健太はホッとしながらも、保奈美の姿に目が釘づけになる。

兄が兄なら、妹も妹だった。

こちらもまだ三月末だというのに、上半身は白いキャミソール一枚だけ。大きく開いた胸元からは、見事なメロン、いや、大ぶりの西瓜《すいか》のような爆乳が半分以上飛び出していた。

最近流行《はや》りの、インナーにもアウターにもなるパッド付きキャミソールというやつなのだろう。ノーブラで素肌に直接着ているため、ちょっと躰《からだ》を動かしただけでも、双乳がゆさゆさと大きく揺れた。

あまりのセクシーさに圧倒されている健太をよそに、保奈美は両手を腰に当て、仁王立ちになって善助を睨みつけていた。善助が大きな躰を竦《すく》めながら、言い訳しようとする。

「いやっ、俺はただ……」

「ただも何もないわよ！」

保奈美が兄に対して、ピシャリと言い放つ。

「そ、そうかな……」

「もう、当たり前でしょ。健太君がそんなの、やるわけないじゃない。いまどき、ガングロのマッチョなんて流行らないの。見るからにホモっぽいわ。そんなんだから、四十九にもなっていまだに独身なのよ」

保奈美の強気の言葉に、さすがの善助も旗色が悪い。

「保奈美だって独身だろう！」

「あら、あたしは立派なバツイチですからね。一度はちゃんと結婚できたのよ」

「バツイチに立派もクソもあるもんか。四十五にもなって、出戻りじゃないかよ」

「あたしはね、兄さんが独り者で家事や炊事《すいじ》に困っているだろうと思って、わざわざこうやって手伝ってあげてるんだからね。少しは感謝しなさい」

「俺は専売所のみんなの食事だって洗濯だって、ちゃんとできるさ」

「だからホモっぽくて女の人が寄りつかないんでしょ」

「保奈美！　ホモを馬鹿にするな。俺のことは嫌いになっても、ホモのことは嫌いにならないでくれ……」

善助の言葉は冗談だとはわかっていたが、なぜだか一概《いちがい》に笑い飛ばせない。頭を抱えながら、健太は二人の間に割って入った。

「あのう、すみません。そろそろマンションのほうに引っ越し屋さんが荷物を届けてくれる時間なんですけど……」

2

（なんか二人とも善《い》い人そうで良かったな。ちょっと変わってるけど）

専売所に来るまでは、初めての都会での一人暮らしに不安な気持ちでいっぱいだったのだが、善助と保奈美のやりとりを見て少し安心した。

（それにしても綺麗な人だなぁ……）

一緒に歩いている保奈美の姿をあらためて見る。

先ほどの善助に対する物言いは少々きつかったが、その美しい顔はおっとりとして上品で、大和撫子《やまとなでしこ》を彷彿《ほうふつ》とさせた。キャミソールにミニスカートという露出度の高い格好をしているが、これで和服でも着せれば、品の良い旅館の若女将《わかおかみ》にでも見えるような風情《ふぜい》があった。

白く透き通った肌に端整な顔立ち。涼やかで切れ長の眼と柘榴《ざくろ》の実のように赤く熟れた唇が際立っている。

薄化粧なのに、ドキドキしてしまうくらい綺麗だった。

どう見ても四十五歳には思えない。三十代半ばと言われても疑う者はいないだろう。

濡れたように艶《つや》やかな黒髪は、アップにしてヘアピンで留めている。そのために露《あら》わになった白い項《うなじ》がなんとも生々しくて、目のやり場に困るほどだ。

剝き出しになった二の腕は年相応の脂肪が乗っていて、むっちりとしていてかえって艶《なま》めかしい。タイトのミニスカートに包まれた豊満な尻の肉が揺れる様《さま》は、まさに大人の女という感じだった。

「はい、ここがうちの専売所で借りているマンションよ」

目の前には、レンガタイルを張り巡らしたオシャレな五階建てのマンションがあった。専売所から徒歩五分。決して新しくはなさそうだが、陽当たりも良いし、駅からも近くて便利そうだ。

案内してくれた保奈美が、慣れた様子でエレベーターのボタンを押しながら説明してくれる。

「五階の六部屋を、全部うちの店で借りてるの。一号室から五号室までが配達員の部屋よ。健太君は、一番新入りだから五号室ね。担当は五区よ。一号室が一区の早瀬拓造《はやせたくぞう》君。二号室が二区の川原水樹《かわはらみずき》ちゃん。三号室が三区の佐川直人《さがわなおと》君。そして四号室が四区の綾部百合亜《あやべゆりあ》ちゃん。後で挨拶してね。あたしのことは、保奈美さんって呼んでちょうだい」

「はい。わかりました」

よくしゃべる人だなぁと、健太はぽかんとして聞いている。健太の田舎《いなか》では、こんなふうに快活な女性は珍しかった。冬の長い土地と都会の違いだろうか。

「それで……六号室には誰が住んでると思う？」

「いやぁ、わかりません」

保奈美が意味深《いみしん》に微笑《ほほえ》む。

「ふっふっふっ。あたしよ。寂しいからって、夜這《よば》いに来ちゃだめよ」

「えっ！　夜這いですか？」

「あら、健太君が暮らしていた田舎には、夜這いの風習はなかったの？」

「ないですよ、いまどきそんなの……」

「なーんだ、残念」

保奈美が、ゆっさゆっさと大きな乳房を揺らしながら笑った。健太は額を流れる冷や汗を手の甲で拭った。

こんなセクシーな格好で言われると、どこまでが冗談でどこまでが本気か、判断がつかなくなる。

五号室の部屋の鍵を開けて、中に入った。

「わあー、眺めもいいですね」

五階ともあって、窓からの景色もそれなりに広がっている。

フローリングになっているワンルームで、八畳くらいはありそうだ。風呂はトイレと一緒になったユニット式でかなり狭いが、初めて一人暮らしをする健太にとっては、十分過ぎる部屋だった。

「東京のワンルームにしては、まあまあの広さでしょう。これも下町の特権ね」

「はい。とっても素敵な部屋です」

「今日からここが健太君の部屋よ。はい、これが鍵」

保奈美がルームキーを健太の手のひらの上に置く。

「鍵のことだけど……」

保奈美が健太の顔をじっと見ている。

「……まあ、おいおい詳しく説明するわ」

保奈美がにっこりと笑った。

これで健太も都会の一人暮らしがスタートするのだ。期待に胸が膨らむ。

（いや、違うぞ。僕は遊ぶために東京に出て来たんじゃないんだ。麻衣子さんを支えてあげられるような大人の男になるために、大学でしっかり勉強して、立派な心理カウンセラーになるんだ）

両手で頬をパンパンと叩いて、浮《うわ》つきそうになる気持ちを戒《いまし》めた。気を引き締める。

窓を開けて空気を入れ替えていた保奈美が、上半身だけをこちらに捩《よ》じるように振り返って、不思議そうな顔で見ている。ニット製のタイトなミニスカートが伸びて、大きく張ったヒップを突き出すような形になっていた。

「ん？　どうしたの？」

（それにしても……エロい尻だなぁ）

思わず生唾《なまつば》を呑んで見入ってしまう。

早くも気持ちは、グラグラと揺れていた。

3

引っ越し業者が荷物を運び終えて帰っていった。

荷物といっても、しょせんは一人暮らしだ。たいした数があるわけではない。大きな物はベッドと本棚くらい。あとは衣類や細々《こまごま》とした物が入った段ボール箱が五つというところだ。

机やテレビなどはこれから少しずつ買い揃えていくつもりだった。バラしてあったベッドの組み立てを含めても、ものの三十分ほどで引っ越し作業は終わってしまった。

「それじゃあ、簡単に掃除しちゃおうか。あたしも手伝ってあげるわ」

二人きりになると保奈美が言った。

「すみません。助かります」

保奈美がバケツに水を汲むと、雑巾《ぞうきん》を濯《すす》ぎ始める。段ボール箱の荷解《にほど》きをしていた健太も、絞った雑巾を渡された。

「じゃあ、床から拭《ふ》いちゃいましょう。二人でやればすぐだから」

保奈美が床に四つん這いになって、雑巾掛けを始める。健太も這い蹲《つくば》り、床を拭き始めた。

互いに部屋の両端から拭いていく。しばらくの間、二人とも無言で掃除に精を出した。

何気なく振り返ると、保奈美の後ろ姿が見えた。

四つん這いになりながら、豊満な尻をぷりんぷりんと振っている。

四十五歳のバツイチ美熟女。

ほどよく時間を掛けて熟成されたイベリコ豚の生ハムのような肉体は、まさに脂《あぶら》が乗ってボンキュッボンという感じだ。乳房と尻がアンバランスなほどに張り出している。

（うわぁっ、やばっ！）

健太の股間に、沸騰した血液が火砕流《かさいりゅう》となって流れ込む。

あっという間にジーパンの中のペニスがコチコチになってしまった。あまりの強烈な勃起に、痛くて雑巾掛けもままならない。

「こらっ、健太君。サボってないでちゃんと拭きなさい」

腑抜けた表情で見惚《みと》れていると、保奈美に怒られた。もちろん、その顔は笑っている。

保奈美が膝立ちになって、手の甲で額に薄っすらとかいた汗を拭う。

真っ白な二の腕が微かに震えた。綺麗に剃られた腋《わき》の下が見える。首筋にほつれ毛が張りついていた。

ただ掃除をしているだけなのに、その姿は匂い立つほど官能的だ。

「す、すみません」

サボるつもりなんてない。しかし、限界まで勃起したペニスが痛くてたまらない。

「自分が住む部屋なんだから、真面目《まじめ》にやりなさい」

「は、はい……」

冷や汗を掻きながらも、今度は豊満な胸元に、目が釘づけになる。

四つん這いの姿勢で顔を上げたために、垂れ下がった爆乳がキャミソールの胸元を押し下げ、深い谷間が丸見えになっているのだ。

「隅々《すみずみ》まで、ちゃんと見てね。いい加減じゃだめよ」

「はい……ちゃんと、見てます」

もちろん言われなくたって、隅々までしっかりと見ていた。見るなと言われたって、絶対に見ただろう。見ないわけにはいかない。

胸の谷間がとんでもないことになっていた。前後左右に大きく揺れる双乳が、くっついたり離れたりを繰り返している。

「掃除がちゃんとできない人って、ついつい四角い部屋でも丸く拭いちゃうのよねぇ。だから、隅々にすぐに埃《ほこり》が溜まっちゃって――」

（うわっ、凄《すご》い……生のおっぱいが揺れてる……）

保奈美の言葉など上の空で、眼を見開くようにして谷間を見てしまう。

いつもオナニーで想像していたのは麻衣子の姿態《したい》だったが、それだっておっぱいはイメージすることができないでいたのだ。グラビア雑誌やネットのヌード画像も、童貞の健太にとってはリアリティが感じられなかった。

ところが今、目と鼻の先で本物のおっぱいが揺れている。それも想像を絶するような巨大なおっぱいだ。

心臓がバクバクして破裂しそうだった。興奮しすぎて、息をするのも忘れそうだ。瞬《まばた》きさえ惜しいほどに見入ってしまう。

「あんっ……ここの床、汚れが取れない」

保奈美が顔を床に付けるような体勢で、腕に力を込めてごしごしと拭き始めた。今までに増して、ぶるんぶるんと激しく爆乳が揺れる。あと少しで、乳輪《にゅうりん》までもが見えそうなくらいだ。

(や、やばい……やばすぎるよ……)

硬いジーパンの生地《きじ》さえ突き破ってしまうのではないかと思えるくらい、ペニスがびんびんに漲《みなぎ》った。灼熱の肉槍《にくやり》が行き場を失って、呼吸をするだけでもズキズキと鋭い痛みが走る。

あまりに大量の血液がペニスに流れ込んでいったので、貧血で眩暈《めまい》がしそうなほどだった。

「健太君ってさぁ、彼女とかいるの?」

床を拭きながら、保奈美が何気ない感じで聞いてきた。ゆさゆさと揺れる目の前の爆乳に、魂を抜かれたように見惚れていたので、驚いて尻餅をついてしまう。

「えっ！　な、なんですか、いきなり？」

「健太君は東京に一人で出てきたわけじゃない？　こっちに知り合いもまだ少ないだろうし……悩みごととか相談できる人はいるのかなって思って」

「高校は男子校だったから、彼女なんてずっといませんでした。仲の良い友達もみんな県内で進学したし……」

麻衣子のことが頭をよぎったが、口には出さなかった。保奈美を見て勃起《ぼっき》させている罪悪感もあったし、何よりもまだ一方的な片思いにすぎない。

「そうなんだ。だったらあたしのこと、東京のお母さんだと思って、なんでも甘えなさい。遠慮しなくていいのよ」

「はい。ありがとうございます！」

(保奈美さんって、ほんとに素敵な女性だな)

東京での新しい生活にわくわくする思いを感じてはいたが、やはり初めての一人暮らしに不安がないわけではない。保奈美の温かい言葉が、素直に嬉しかった。

「健太君の役に立てることがあれば、あたしも嬉しいし」

「は、はい。もうすでに……十分に勃ってますけど……」

冷や汗を掻きながら足をもじもじとさせた。

「もうすでに？　おかしな子ね」

（お母さん相手に、こんなに勃起させちゃまずいよなぁ……）

保奈美が不思議そうな顔をしていた。

4

「これでだいたい終わりかな」

フー、と大きく息を吐きながら、保奈美が雑巾を濯ぎ終えた。日差しもだいぶ落ちてきていた。

健太は壁にある照明のスイッチを入れる。

「あれ？　点《つ》かないや」

「ほんとね」

「蛍光灯が切れてるんですかね？」

「大丈夫よ。そんなこともあろうかと思って、替えの新しいのを持ってきたから」

そう言いながら、保奈美が玄関のところに立て掛けてあった包装された蛍光灯を持ってくる。

「さてと……どうするかな？」

台になるようなものは、部屋の中には見当たらない。

「仕方ないな。あたしが替えるから……肩車《かたぐるま》してくれない？」

「はい、わかりました。って……ええっ？」

健太は驚いて引っくり返りそうになる。

「何よ。驚いた顔して……」

「だって……僕が保奈美さんを肩車するんですか？」

「当たり前でしょ。あたしに健太君を肩車しろとでも言うわけ？」

「いや、そういうことじゃなくて……」

「それじゃあ何よ。まさか、あたしじゃ重くて持ち上がらないとか？」

保奈美が眉間《みけん》に皺を寄せる。

「と、とんでもないです。そんなこと、思ってもいません」

健太は顔の前で大きく手を振りながら、慌てて否定した。

保奈美の身長は健太より十センチくらいは低そうだ。いくら豊満な躰とはいえ、サッカーで鍛えた健太に持ち上げられないことはないだろう。

しかし、問題はそういうことではない。保奈美を肩車するということは、あのミニスカートの中に頭を突っ込むということになるのだ。

保奈美にとっては二回りほども年下の健太など、男として意識するほどのこともない相手なのかもしれない。しかし、童貞の健太には、保奈美は女性として魅力的すぎた。

ましてや、さっきからぶるんぶるんと揺れる爆乳を盗み見して、ジーパンの中のペニスは暴発寸前まで勃起している。この上さらにスカートの中に頭を突っ込んだりしたら、いったいどうなってしまうことか。

「はい。さっさと持ち上げて」

蛍光灯を持った保奈美が、屈託のない笑顔で両足を肩幅くらいに広げて立っていた。むっちりとした太腿によって、ニットのミニスカートが伸びる。

保奈美は何も意識をしていない。いやらしいことを考えているのは健太だけなのだ。

後ろめたい気持ちのまま、保奈美の背後に回り込んだ。片膝をつくとそろりそろりと頭をスカートの中に突っ込む。

もわっとした早春の息吹《いぶき》を感じた。甘くて青臭くて、ちょっと酸《す》っぱい。陽光をたっぷりと吸い込んだ干し草の匂いにも似ている。

大人の女性の匂いだ。

ちらっと視線を上げると、そこには天国のような光景が広がっていた。

普段はスカートの中で見えない部分に、女性はなんとエロティックなものを隠し持っているのだろう。

女性の神秘を垣間見《かいまみ》た気がして、胸がどきどきした。

パンストに覆われた純白のパンティ。尻の部分は半分以上がレースになっていて、豊満な尻肉に二段になって食い込んでいた。

大きく足を開いているので、股間の盛り上がりもしっかりと覗《のぞ》ける。ふっくらとした淫肉を分断するように走るセンターのシームは、いやらしさを通り越して、神々《こうごう》しくさえ見えた。

できることなら、このままいつまでも見ていたい。

人生で最高の景色だった。

しかしこれ以上見ていると怪しまれる。健太は名残惜《なごりお》しい思いを断ち切るように、一気に頭を奥まで突っ込んだ。

保奈美が健太の首を太腿で挟み込むようにしながら、尻で体重を掛けてくる。たっぷりとした尻肉が背中を圧迫した。

パンストのつるつるした感触が頬に当たって、なんとも言えない気持ち良さだった。

匂いも一気に増した。濃厚なカスタードクリームが溶け出したみたいな甘い香りに包まれる。

健太は保奈美の太腿を両手で摑むと、躰に力を入れて立ち上がった。その瞬間、首の後ろに柔らかな肉土手がぐにっと押しつけられる。

柔らかいのにしっかりと弾力がある。触れた太腿よりもはるかに温かい。

保奈美が体重を掛け直すたびに、ぷにゅぷにゅと当たる角度が変わる。

女性の性器が僅《わず》かな薄い布地を隔《へだ》てただけで、自分の首に密着しているのだ。

涙が出そうだった。もう射精してしまいそうだ。

あまりの興奮に、思わず足がよろけてしまう。

「きゃっ！　もう、健太君、ちゃんと立ってよ！」

保奈美が健太の頭にしがみつきながら、悲鳴を上げた。頭にたっぷりとした爆乳が圧《の》しかかる。

柔らかな圧迫感に、脳天が痺れた。

（ううっ……ちゃんとどころか、思いっきり勃ってますよ。こんなに勃ってるから、足がよろけるんじゃないですか！）

ジーパンの中で脈打つペニスの痛みは尋常ではない。本当なら腰を屈《かが》めたいところだったが、保奈美を肩車しているのでそうもいかない。

「健太君、もうちょっと前かな……違う違う、もっと右。あっ、そうそう。そのあたり……あっ、そこがちょうどいい」

しっとりとした潤《うる》みのある声で指示された。

太腿で両耳を塞がれているので、保奈美の声はフィルターを通したみたいに頭《ず》蓋骨《がいこつ》に反響して聞こえる。それがまたなんとも卑猥《ひわい》な気がした。

保奈美が両手を伸ばして、蛍光灯の付け替え作業をしている。両手を離していて不安定になるためか、太腿にさらに力を込めて健太の顔を挟みつけてくる。

太腿で潰された頬が変形した。顔が肉の座布団の中に埋まったみたいだ。

拭き掃除をした後だからだろうか。汗の匂いもしてくる。

ちょっと酸っぱい感じもするが、少しも嫌ではなかった。むしろ、ペニスの奥底を刺激するような甘美な興奮を紡《つむ》ぎ出す。

「あんっ……そこ、動かないで。もうちょっとだから、我慢して頑張って」

動くたびに保奈美の肉土手が首に強く押しつけられる。ぷにぷにと当たる感じから、必死でその形を想像するが、とても及ばない。

「ちょっとぉ、健太君……ちゃんと立ってよ！　さっきからぐらぐら揺れるよ！」

「ちゃんと勃ってます。本気で、真剣に、心を込めて、全力を挙げて勃ってます！」

「はい、これ。古い蛍光灯」

保奈美が外された古い蛍光灯を健太に渡す。躰を捻《ひね》ったことにより、盛り上がった陰部が捩《よじ》れて当たる。

「うぉぉぉっ……」

もうたまらなかった。ペニスから溢れたカウパー液で、きっとパンツは夢精したみたいに濡れているだろう。

「きゃっ！　こらっ、健太君！　あとちょっとだから、しっかりしなさい！」

「はいっ……すみません！」

慌てて腰を引くと、新しい蛍光灯を差し出した。保奈美は再び尻を突き出すようにして、健太に跨《また》がったまま伸び上がった。

むっちりとした淫肉が、首を呑み込んでいく。

心なしか、押し当てられた性器から伝わる体温が、さっきより高くなったように感じる。保奈美の肌から発散される匂いも濃度を増したような気がした。

頭の中で妄想が危険領域を超える。

「ああっ、保奈美さん。すみません！　僕、ちょっと……」

脈動するペニスが、暴発してしまいそうだ。これ以上はとても耐えられない。

「はい。終わったわ。下ろして」

「はぁはぁはぁ……はうううっ……保奈美さーん……」

ぜいぜいと息を荒らげながら、保奈美を床に下ろした。

「何よ、そんなに息を切らして。まるであたしがすごく重いみたいじゃない」

健太がどれほど非常事態だったのかも知らない保奈美は、勘違いしてぷりぷりと怒っていた。

「じゃあ、これで掃除も終わりだから、あたし、帰るわね。あとは自分でできるでしょう」

「は、はい。いろいろありがとうございました」

保奈美が帰っていく。

玄関まで見送った健太は、ドアが閉まるや否や、すぐにフローリングの床に寝転び、ジーパンとボクサーパンツを脱ぎ捨てた。

上半身はトレーナーで下半身は裸というなんとも変態的な格好だが、どうせ一人暮らしの自分の部屋だ。誰に気兼ねすることもない。

暴発寸前まで漲《みなぎ》ったびんびんのペニスを右手で握り、すぐに猛然と扱《しご》き始める。もう、我慢できない。一気にマックスのスピードで手を動かす。

もちろんオカズは保奈美だ。様々な姿態や股間の感触を脳裏に蘇《よみがえ》らせる。

「うおおおおっ……保奈美さん……」

脳味噌は完全に電流過多でショートしてしまった。手の暴走は、もはや制御不能だ。びくびくと躰を痙攣《けいれん》させながら、猛々《たけだけ》しい肉槍を扱きまくる。

とにかく沸騰しそうな精液を一回出しておかないと、頭がどうかなってしまいそうだった。今までの人生で、これほど興奮したことはなかった。

無理もない。生まれて初めて、ミニスカートの女性を肩車したのだ。オナニーのオカズとして、これほど鮮明で具体的なものは初めてだった。

先端から大量に滲《にじ》み出ているぬるぬるの先走り液を指に塗《まぶ》して潤滑油にすると、一気にラストスパートをかける。

〈健太君、あたしのパンティ、見える？〉

妄想の中では、保奈美がパンティを丸出しにして、M字開脚で誘っていた。パンティはもちろん、さっき見たばかりの純白レースだ。

パンストのセンターシームに合わせて、ピンク色のマニキュアに彩《いろど》られた指先が、ゆっくりと上下に往復している。

「あああっ、保奈美さん……」

〈ああんっ、健太君……もっと、あたしのこと、見てちょうだい〉

妄想の中で、保奈美がいやらしく腰を振りながら、微笑みかけた。ねっとりと絡みつくような声で、語りかけてくれる。

「うおおおおっ……」

ペニスが千切れるくらい、両手を激しく動かした。

「ああああああっ……保奈美さん！」

「健太くん！」

「保奈美さん！」

「健太君、大丈夫？」

「ああああっ、大丈夫じゃないです！　もうだめですっ！」

あと少しでイキそうだった。

「大丈夫？　健太君、開けるわよ！」

「えっ？」

次の瞬間、玄関のドアが勢いよく開けられた。

5

「きゃあっ！　健太君ったら……」

「うわぁぁぁ！」

健太が顔を上げると、ドアは全開になっていて、そこに目を丸くして驚いている保奈美が立っていた。健太は隆々《りゅうりゅう》と勃起したペニスを扱いている。

「健太君……な、何してるの？」

何をしていると聞かれても、答えようがない。見てのとおりだ。限界まで勃起したペニスを手で扱いている姿を見られて、どんな言い訳も思いつかない。

「な、なんでドアが……？」

「だって、鍵が掛かってなかったし、中から健太君の苦しそうな声がしたから……てっきり、急に具合でも悪くなったのかと思って……」

（しまった！　慌てていて、鍵を掛けるのを忘れてたのか……）

健太の実家には、祖父母や母親など常に家族の誰かがいた。田舎ということもあり、家にいちいち鍵を掛けるような習慣がなかった。

保奈美が茫然《ぼうぜん》と立ち尽くしている。手には何やら、料理が詰め込まれた容器を持っていた。

どうやら引っ越し初日で片づけもままならぬ健太のために、夕食のオカズを持ってきてくれたようだ。それなのに健太は、保奈美自身をオカズにオナニーをしていたのだ。

保奈美が健太の手に握られたペニスをじっと見ている。逞《たくま》しく勃起して、ぴくぴくと脈打っていた。

健太が何をしていたのかすぐに察したようで、顔が羞恥《しゅうち》で朱色に染まる。

「あああっ、保奈美さん……そんな目で見ないでください……はぁぁぁ」

見るなと言われても、あまりに突然のことに、保奈美もどうしていいのかわからないようだ。視線を泳がせながらも、ちらちらと見ている。

これが着替え中に誤ってドアを開けてしまい全裸を見られてしまったというくらいなら、お互いに笑い話ですまされただろう。

しかし、健太のペニスは見事なまでに勃起していた。しかも保奈美の名前を叫びながら扱いていたのだ。

気まずいなんてものではない。

保奈美の熱い視線をペニスに感じる。

「け、健太君……す、すごい……」

もう、限界だった。

(ああっ……保奈美さんが僕のおちん○んを見てる……やばいっ!)

ペニスの奥底を強く引き締め、必死で射精をこらえようとしたが、もうだめだった。

「あああああっ……出ちゃう! あうううっ……出るっ……」

灼熱のマグマが尿道を駆け上がる。視界が真っ白になり、呼吸が停止した。

上半身が激しく仰《の》け反《ぞ》り、下半身が痙攣を始める。大噴火の快楽に全身が蹂《じゅう》躙《りん》された。

大量の精液が、どぴゅっどぴゅっと発射される。

「きゃあっ！」

「あうっあうっあうっ……」

見られている。でも、どうにもできない。止められない。

「あうううっ！　くううううっ！」

最大の痙攣《けいれん》が肉体を襲う。白目を剝いて、その激流に耐える。全身をがくんがくんと大きく震わせた。

その大波が過ぎると、健太はやっと我に返った。

（ああっ、大変なことをしてしまった……）

起こしてしまったことの重大さに、どうしていいのかわからない。

「あーあ。いっぱい出ちゃったね」

さすがに年の功というもので、気まずい空気の中、多少は引きつりぎみとはいえ、保奈美が一生懸命に笑顔を作りながら、言葉をかけてきた。

「ごめんなさい。本当に、ごめんなさい」

もう泣きたいくらいだ。

土下座してでも保奈美に謝らなくてはいけない。

申し訳なくて、大きく項垂《うなだ》れた。

その姿を見て、保奈美が苦笑する。

「なんか様子が変だったし、ドアの外から苦しそうな声が聞こえたから、てっきり具合でも悪いのかと思って……でも、そういうことだったのね」

「すみません……」

「まあ、さすがにちょっとびっくりしたけど……男の子だから、しょうがないか。急にドアを開けちゃったあたしにも責任あると思うし……」

「そ、そんな……保奈美さんは全然悪くありません。いけないのは僕です」

保奈美が不思議そうに聞く。

「でも、どうして急に我慢できなくなっちゃったの？」

「そ、それは……」

健太が上目遣いに保奈美をチラッと見た。

「えっ？　あたし？」

「いえ、悪いのはあくまで僕なんです。でも……」

「えー、あたしなんかで興奮してくれたの？　こんなおばさんじゃ、若い健太君の役になんか立たないでしょう」

保奈美が笑いながら、顔の前で手を振った。

「とんでもないです！　保奈美さんは、すごい役に立ちます。最高に立ってました！」

「ふふふっ。うん……確かに。まだ、勃ってるし……」

保奈美が恥ずかしそうに、ちらりと健太の股間を見た。

「す、すみません」

健太が冷や汗を搔きながら、肩を竦《すく》める。

「あたしの何が、そんなに健太君を興奮させちゃったのかな？」

保奈美が好奇心に瞳を輝かせた。

こういうところは四十五歳のバツイチらしく、経験豊富な大人の女が顔を出す。これくらいのことでは、さすがに大騒ぎをしたりしないのだ。

「さっき、肩車したときに、太腿が頰に当たったのがとっても気持ち良くて。それにアソコの感触も……」

「えー、やだっ……そんなこと考えてたの？」

「それに、なんかいい匂いだったし……」

保奈美が頰に手を当て、恥ずかしげに躰を捩《よじ》った。

パンストに遮《さえぎ》られていても、その肌の滑らかさや柔らかさは十分に想像できた。肌に伝わる股間の温かさや性器を盛り上げている淫肉の感触は、童貞の健太にとってこの世のものとも思えないほど神秘的なものだった。

「ちょ、ちょっと……やだっ。健太くん、それ……」

保奈美が健太の股間をチラ見しながら、所在無げに足をもぞもぞとさせている。

保奈美を肩車したときのことを思い出しているうちに、ペニスはさらに一回りも大きくなっていた。

先端からは大量の先走り液が、とろーりと滴《したた》り落ちている。びくんっびくんっと牡獣の咆哮《ほうこう》を上げながら、今にも暴発しそうだった。

「あああっ、すみません」

健太は恥ずかしさと申し訳なさに両手でペニスを隠すと、身を縮こませた。

「もう……しかたないわね」

保奈美が靴を脱ぎ始めた。

6

保奈美が玄関ドアを後ろ手に閉め、部屋に上がってくる。

部屋の中央まで来ると振り返って、健太に向き合った。

「あたしの弟もね、よくそうやって、こそこそとオナニーしてたんだ。あたしの下着とかこっそり持ち出してさ。何に使ってたんだか。そんなのバレバレだったのに。そういうとこ、可愛かったなぁ。健太君ってさ、なんだか弟に似てるんだよね」

「弟さんもいたんですか？」

「うちは三人兄弟よ。善助兄さんとあたしは四歳違いで近いんだけど、弟はあたしと一回りも離れてる。小さい頃は弟っていうより、ほとんどあたしの子供みたいな感じだったなぁ。実際に両親は共働きだったし、兄さんはほとんど家に寄りつかなくて、あたしが面倒を見ることが多かったからね」

「弟さんと仲良かったんですね」

「そうね。すごく仲は良かったわ……」

保奈美が窓の外の遠くの景色を見つめる。その横顔が急になんだか寂しそうに見えた。

（それにしても……保奈美さん、綺麗だなぁ……）

見惚れながら突っ立っていた健太のペニスを、保奈美がいきなり握りしめる。

「あううう っ!」

「うちのお店にはね、女の子の配達員もいるのよ。君が変なことを考えないように、悪い膿《うみ》は全部出させてもらうわ」

保奈美が跪《ひざまず》く。

「ああっ、そんな……変なことなんて、僕、しません……ううっ」

青筋立つほど勃起したペニスに優しく両手を添えると、上目遣いで健太を見つめた。

「冗談よ。こんなにびんびんにさせちゃったのは、どうやらあたしのせいらしいし……責任を取ってあげようかなって思って……」

健太が驚いた顔で見つめ返すと、保奈美は自分の言った言葉に照れたのか、目の下をほんのりと赤く染め、視線を逸《そ》らしてしまった。

「責任……ですか?」

保奈美の弟は、よく姉の下着を持ち出してオナニーしていたと言っていた。

(もしかして、弟を惑わせちゃった責任を感じてるのかな? それで弟に似ているって僕に対しても……)

健太の脳裏に、弟のことを嬉しそうに話す保奈美の笑顔がよぎる。

「あたしみたいなおばさんじゃ……だめかな？」

視線を逸らしたまま、保奈美が掠《かす》れた声で言った。その響きの湿度の高さに、健太はぞくっとした。色っぽかった。

「全然だめじゃないです。だって……保奈美さんはおばさんなんかじゃないから」

「ふふふふっ……お世辞でも嬉しいな」

保奈美の目つきが先ほどまでと変わっていた。恥じらいに勝《まさ》るものが、その躰を支配し始めているようだ。

瞳はたっぷりと潤んで輝き、中心の黒目は妖《あや》しく揺れ動いていた。頬が紅《べに》を差したように深く色づきだす。吐く息がペニスに届く。熱かった。

再び、保奈美が上目遣いで健太を見る。視線が絡む。ペニスに添えられた手が、ゆっくりと肉幹を擦《こす》り始めた。

「いいかな？」

いいかなと言われても、健太には意味がわからない。いや、期待と妄想に膨らんだ答えは頭の中にあったが、まさかそんなことがあるはずはないと理性が否定する。

保奈美の白魚《しらうお》のような指が、ペニスの根元に絡みつく。痛みが走るくらい強く握り締められた。痺れを切らしたように、保奈美が再び口を開く。

「舐《な》めても、いいかな？」

聞き間違いかと思った。そうでなければ、性欲が高まりすぎて幻聴が聞こえたのだ。

こんなにも美しい保奈美が、自分から進んでフェラチオしたいなんて言うはずがない。

怖くなって目を閉じてしまった。

次の瞬間、ペニスの裏筋をゆっくりと生温かいナメクジのようなものが、ねろりねろりと下から上に這っていくのを感じて身震いした。

「あああああっ……」

あまりの気持ち良さに、思わず少女のような声を上げてしまった。

目を開けると、保奈美が真っ赤な舌を長く伸ばし、ペニスを舐め上げているところだった。伸ばした舌の赤さが残像に残る。

保奈美の美しい顔が、淫欲に歪《ゆが》んでいた。淫らで醜いのに、たまらなく綺麗だった。これが女という生き物なのかと、心を震わせながら思った。

保奈美はペニスの裏筋に合わせて、何度も舌を往復させた。下りていくときは舌先だけで柔らかな刺激を与え、上がっていくときは舌の腹全体を使ってべっとりと狂おしいほどの快楽を押しつける。

「あああっ……保奈美さん……」

恐る恐る保奈美の頭に手を載せ、艶《つや》やかな黒髪に手を触れてみた。保奈美が健太を見て、妖しく微笑む。

ぞくっとした。

まったくの別人の顔だった。

亀頭のあたりを、集中的に責めてくる。カリの裏側のぶつぶつしたあたりを、たっぷりと舐めまわされた。

「くうううううううっ……」

躰中の血が沸騰しそうだった。沸々《ふつふつ》と全身に鳥肌が広がる。淫靡《いんび》な世界を垣間《かいま》見た興奮と、見てはいけないものを見てしまった恐怖が同時に押し寄せる。

大人の女がいったん躰に火が点けばどうなるかなど、童貞の健太に理解できるわけがない。淫欲に顔つきさえ変わりだした保奈美の大胆な変貌に、戸惑うばかりだ。

保奈美が大きく口を開けると、そのままぱっくりとペニスを咥える。

一気に喉奥まで呑み込まれた。巨大な肉塊がまるで手品みたいに、根元まで全部姿を消してしまった。

信じられなかった。

(苦しくないのかな?)

保奈美の顔がいやらしく歪んでいた。

亀頭の部分がぐにゅぐにゅと締めつけられる。保奈美の喉を通過した先端部分は、そのまま体内に飲み込まれて食道で愛撫された。

「あああっ……保奈美さん……すごいです……たまんないです……」

躰中の細胞が湧き立つような快感に、息をするのも切なくなる。

たまらなくなって両手に力を込めて保奈美の頭を摑み、美しい黒髪に指を絡ませた。

ヘアピンが外れ、留められていた髪がふわりと解ける。セミロングの髪が双肩《そうけん》の上で跳ねた。

(これが夢にまで見たフェラチオなんだ)

保奈美がゆっくりと頭を前後に振り始めた。

口中にたっぷりと溢れ出した唾液が、くちゅくちゅと卑猥《ひわい》な音を奏《かな》でる。揺れる艶やかな黒髪からは、甘ったるい大人の女の匂いがした。

保奈美の頭を振るスピードが、どんどん速くなってきた。

喉奥まで深く呑み込まれたかと思えば、次の瞬間には亀頭の先端に舌先が当たるくらいまで吐き出される。そのまま舌全体で亀頭のカリ首の周りをべろべろと舐め回されたかと思えば、また一気に深く呑み込まれた。

ペニスの中心部を、痺れるような快感が連続して駆け抜けていく。

こんなにいやらしい動きを、高速でやられるのだ。童貞の健太にはたまったものではない。情けないことに白目を剝いて、今にも悶絶《もんぜつ》しそうだった。

「ああぁっ、保奈美さん。そんなにしたら、僕、もう……」

健太の窮状《きゅうじょう》を見て、保奈美がペニスを吐き出した。唾液で濡れた唇が光る。

「まだ、イクのは早いわよ」

涎《よだれ》が垂れた唇を、手の甲で拭いながら言った。その顔がたまらなく色っぽい。

保奈美は立ち上がると、健太の手を取ってベッドに座らせた。

健太は唯一着ていたトレーナーも脱がされ、靴下以外全裸という情けない格好にされてしまった。

保奈美は服を着ているのに、自分だけが裸というのが恥ずかしい。恨めしげに見つめる。

「そんな顔しないの。すぐに続きをしてあげるから」

保奈美が意味深に微笑む。大人の女、それも元人妻の妖艶《ようえん》さを目の当たりにして、健太はぞくっと身震いした。

ベッドに上がってきた保奈美は、健太の両膝の裏側を掴《つか》むと、そのまま大きく開きながら足を持ち上げた。

「ええー？」

浮き上がった健太の尻に手を当てると、さらにぐいっと持ち上げる。健太は大股開きで引っくり返ったまま、後頭部と両肩だけで躰を支える形になった。

俗に言う「チングり返し」というやつだ。

もちろん童貞の健太には、そんなことはわからない。自分の姿が保奈美にどう見えているのかを想像して、あまりの恥ずかしさに泣きべそを掻きそうになった。

「ううう……保奈美さーん……なんでこんなことするんですか？」

上から見下ろしている保奈美の目つきは尋常ではない。何かに取り憑《つ》かれているようにさえ見えた。

（これが本当にあの保奈美さん？）

恥ずかしさと戸惑いで、健太は抵抗する気さえ起きない。

「大丈夫よ、取って喰ったりしないから」

「だって、こんな格好、恥ずかしすぎますよ」

「あなたはお姉ちゃんの言うとおりにしていればいいの」

「えっ？」

（今、お姉ちゃんって言ったよな？　どういうことだろう？）

保奈美の言い方に違和感を覚えて、健太はその意味を聞き直そうとした。

しかし、次の瞬間に怒濤《どとう》のような快感に襲われて、それどころではなくなってしまった。保奈美がペニスをしっかりと握り締めると、金玉の裏側をベロベロと舐め始めたのだ。

巧みに動き回る舌先が、陰嚢《いんのう》の皺の一つひとつを丁寧に舐め回していく。それに合わせるようにして、まわされた手で、びんびんの肉幹も力強く扱かれた。

「あううううううううううっ……」

女の子みたいな声で悲鳴を上げる健太を、保奈美が楽しそうに責め立てる。

睾丸をすっぽりと口に含み、たっぷりの唾液の中でくちょくちょと揉み立てる。その間もペニスを握った手のほうは、尿道から滲み出た先走り液を亀頭全体に塗りたくって、ぬちょぬちょと刺激的なマッサージを繰り返す。

ぬぽんっと右の睾丸が口から飛び出したかと思うと、今度は左の睾丸も同じように生温かい口の中にすっぽりと呑み込まれた。この玉転がしを交互にやられた。

「あうっあうっあうっ！　だ、だめです……許して……ひいいいっ……」

想像を絶する快楽に、健太が悲鳴を上げる。

「まだまだこんなの序の口よ」

保奈美の顔つきが完全に変わっていた。癒し系のほんのりとした印象は消し去られ、妖艶で攻撃的な大人の女の顔になっている。

天女《てんにょ》が褥《しとね》で、男を喰らう夜叉《やしゃ》になる。まさにそんな変貌だった。

朱色に染まった唇を半開きにすると、真っ赤な舌を長く伸ばす。その先端からだらだらと大量の唾液が、健太の股間に向かって滴り落ちていった。

保奈美が、にやりと笑う。

とろーり。とろーり。とろーり。とろーり。

ペニスや睾丸が、たっぷりの唾液で濡れ濡れになっていく。

(ああっ……保奈美さん、いったいどうしちゃったんだ?)

保奈美の様子の変化に戸惑う。しかし、その理由について詮索している余裕は、もはや健太にはなかった。

「ひいいいぃぃぃぃ! ほ、保奈美さん! な、何をしたんですか!」

下半身全体がまるで発酵《はっこう》でも始めたかのような恐ろしい快感に襲われる。

最初は何がなんだかわからなかった。

きつく目を閉じ、歯を食い縛って、下半身を蹂躙《じゅうりん》する淫らな刺激に耐える。

しかし、それに少しずつ慣れてくると、やがて快楽の正体が露《あら》わになってきた。

尻の穴を保奈美の舌が舐めているのだ。舌先がぐりぐりとドリルのように高速回転しながら、いけない裏窓を抉《こ》じ開けようとしていた。

「ひ、ひいい……そんなとこ……」

尻の穴は排泄のためだけにあるものだと思っていた。

そんな場所を保奈美のような美しい女性の舌でぐりぐりとされるのだ。さらに唾液塗《まみ》れになったペニスと睾丸を、保奈美の右手と左手が同時に愛撫している。

こんなのはAVでさえ観たことがなかった。しかもチングり返しの体勢のため、垂れた保奈美の唾液が顔に滴りかかるほど目の前で行われている。

「はうううっ……だめっ。出ちゃう。保奈美さん、出ちゃいます！」

健太が断末魔《だんまつま》の悲鳴を上げる。しかし、保奈美は攻撃の手を休めない。

「あひいいいっ！　出ちゃう！　出るうううううっ！」

我慢しきれなくて、ペニスを爆発させてしまった。尻穴をきゅっと窄《すぼ》ませると、余計に保奈美の舌の感触を強く感じてしまう。

「ひいいいいいいいっ！」

どぴゅっどぴゅっと、大量の精液が飛ぶ。

ただし、チングり返しの格好なので、高射砲の的先《まとさき》は健太の顔だった。見事に大量の精液を自分に顔射してしまった。

「うわわわわっ！」

温かくて生臭くて気持ち悪かった。しかし、始まった射精は自分では止めることができない。瞼《まぶた》も鼻も唇も、顔中すべてを汚してしまう。

何度も何度も顔射を繰り返して、やっと健太は力尽きた。

がっくりと両手両足を弛緩《しかん》させて、ベッドの上で大の字になる。びくんっびくんっと、まだ躰の痙攣は収まらない。

「あーあ、自爆しちゃったねー」

「あううう……保奈美さん……酷《ひど》いですよ」

健太はハアハアと肩で息をしていた。

「健太君の顔を見てたら、ちょっと苛《いじ》めたくなっちゃったの」

保奈美が少し目を潤ませながら言った。健太は保奈美の言った、「健太君ってさ、なんだか弟に似てるんだよね」という言葉を思い出した。

「もう、酷いなあ」

ちょっと拗《す》ねてみせる。すると、保奈美が隣に来て、頭をそっと撫でてくれた。指先で健太の髪を優しく梳《す》いていく。

「ふふふっ……ごめんね。お姉ちゃんが綺麗にしてあげるから……」

「えっ？」

「お姉ちゃん」と「綺麗にしてあげる」という保奈美の言葉に、健太は驚いた。

意味を問い質《ただ》そうと躰を起こしかけたが、すぐに保奈美に上に乗られて、両手を頭の上で摑まれてしまう。磔《はりつけ》の状態だ。

保奈美の顔が迫ってきた。その瞳は妖しく輝いている。保奈美が真っ赤な舌を伸ばし、健太の顔を舐めた。

「ああっ……そんな……保奈美さん……」

保奈美が健太の顔にたっぷりと付いている精液を、長く伸ばした舌で舐め取っていく。

ぺろーり。ぺろーり。ぺろーり。

信じられなかった。こんなにも美しい保奈美が、健太が出した精液を舐めているのだ。

あまりの衝撃に、お姉ちゃんと呼ばれたことも、どうでも良くなってしまう。

顔中を這い回る生温かい舌の感触がたまらない。まるで何かの生き物みたいに、ゆっくりと蠢《うごめ》きながら健太の肌の上を這っていく。

閉じた瞼の上を舐め取られる。瞼の薄い皮を通して、舌のいやらしい動きが眼球に伝わった。

眉毛を吸われ、こめかみを伝わって、頰《なぶ》を降りていく。唇をゆっくりと上下ともしゃぶられたあと、そのまま口中まで舐られた。

顔中が唾液でべとべとになる。

たっぷりと唾液で濡れた舌の温かさが卑猥だった。

じゅるじゅるじゅる。じゅるじゅるじゅる。

保奈美は音を立てて精液を吸い取ると、ごくりとそれを呑み込んだ。喉がゆっくりと大きく動く。

「はい。綺麗になったわ」

しっとりと濡れた声。切れ長の目がまっすぐに健太に向けられる。しかし、その目はまるでどこか遠くを見ているみたいで、焦点《しょうてん》が合っていない。

「ああっ、すごい気持ち良かったです」

「ふふふっ」

「気持ち良すぎて、死ぬかと思いました」

「もう……オーバーね」

自分のした行為のあまりの淫らさに、今になって羞恥心が芽生《めば》えたのか、保奈美は頬を赤らめながら目を伏せた。

(保奈美さん、なんて綺麗なんだろう)

次々と色が変わる。それが女という生き物なのかもしれない。

生まれて初めて女性の神秘を目の当たりにして、戸惑いの中にも深い感動を覚えた。

「保奈美さんの……躰が見たいです」

　気がつくと、そう口にしていた。

　今まではオナニーをしていても、妄想するのはいつもフェラチオのシーンばかりだった。高校生の頃、麻衣子をオカズに毎日のようにオナニーをしていたときも、どうしてもフェラチオのところまでで射精してしまった。

最初は自分が早漏なのかと思ったが、どうもそういうことではないようだった。麻衣子の可愛らしい唇はいつも見ることができたが、肝心の性器は当然ながら見たことがなかったからだ。

どうもそれが原因で、妄想がそれ以上は膨らんでいかないようなのだ。

童貞の健太にとって未知の花園が、目の前にある。

夢にまで見たフェラチオをしてもらえたことは天にも昇るほどの喜びだったが、せっかくならもう一つの望みも叶えたい。

もちろん美しい保奈美だからこそ、見たいと思うのだ。

「お願いです！　どうか保奈美さんの躰を見せてください！」

土下座でもしかねないほどに切実《せつじつ》な目で、保奈美に訴えた。健太は真剣だった。

健太の願いを聞いて、保奈美はさすがに少し困ったような顔をする。

「それは……さすがに、まずいわ」

「どうしてですか？」

「だって、そんなことしたら、健太君、お口でだけじゃすまなくなっちゃうでしょう？」

保奈美と健太の関係は、雇い主と従業員ということになる。

健太のオナニー現場に踏み込んでしまうという突発的な事態から、思わぬ展開となってフェラチオまでしてしまった保奈美だったが、労使関係が肉体関係になってしまうのは、さすがにまずいと思っているようだ。

保奈美の言うことも理解できる。健太だって別にそれ以上のことを望んでいるわけではない。ただ、美しい保奈美の裸体を見てみたい。

「保奈美さんがだめって言うことは、絶対にしません。約束します。だから、保奈美さんの躰を見せてください」

「だって、躰って、その……やっぱり……」

「はい。アソコです」

「ああっ……やっぱりだめ。そんなの恥ずかしいわ」

「僕、童貞なんです。女性のアソコを見たことがないんです。保奈美さんのような綺麗な人のを見てみたいんです」

そうすればオナニーのときの妄想も全然違うものになるだろう。

もちろんそのことは口には出さない。

「健太君って、童貞だったんだ。童貞がいきなりあたしみたいなおばさんのアソコを見たら、女に幻滅しちゃうかもよ」

「保奈美さんは、おばさんなんかじゃないです。とっても素敵なお姉さんです」

「お姉さん？」

「はい、そうです」

「お姉さんかぁ……」

保奈美が「お姉さん」という言葉を聞いたとたんに顔を上げた。

「本当にだめって言ったら、絶対にそれ以上のことはしないって約束できる？」

保奈美が揺れているのを感じた。

「絶対に約束します！　保奈美さんのような綺麗なお姉さんに、嘘はつきません！」

「もう、綺麗だなんて、おだてて……」

「僕、本気でそう思ってます！」

「もう、わかったから……そのかわり、それ以上のことは本当にだめよ」

「はい！　約束します！」

保奈美がベッドの上に立ち上がった。健太の躰を跨《また》ぐようにして、上から見下ろしている。

壮大な眺めだった。健太のペニスがびーんと天を突く。

薄暗いミニスカートの中とはいえ、この近い距離だ。絹のような光沢を持ったパンストに包まれたむちむちの太腿も、その奥の純白のパンティも丸見えだった。

陰部が幾重《いくえ》にもむっちりと盛り上がり、その中央を分断するように走るパンストのシームがさらに卑猥さを増す。

軋《きし》むベッドマットの上でバランスを取ろうと踏ん張るたびに、まるで生き物のように淫肉の丘が複雑に形を変えた。

（あの奥におま○こがあるんだ）

健太の胸が震える。しっとりと流麗《りゅうれい》な容姿を持つ保奈美の股間だからこそ、その卑猥さが美しいのだ。

て広がっていった。


「じゃあ、脱ぐわね」

保奈美がミニスカートの横のファスナーを指で摘《つ》まむと、ゆっくりと下ろしていく。ジジジジッというファスナーの音が、健太の頭の中で何倍にも増幅されて広がっていった。

7

保奈美がミニスカートから交互に足を抜いた。ベッドの下に放り投げる。

上半身は白いキャミソールで、下半身はパンティを透けさせたパンストという姿がなんともたまらない。

パンストの太腿が蛍光灯の灯りを浴びて、光って見えた。肩車したときのすべすべした感触を思い出す。

「次はどれを脱ぐ?」

「おっぱいが見たいです」

「いやねぇ……パンストは後に残すのね」

そう言いながらも、保奈美の様子はそれほどいやそうでもない。両手でキャミソールの裾《すそ》を摘まむと、一気に頭の上まで捲《まく》り上げた。

ぶるんっと巨大なおっぱいが飛び出してくる。アンダーバストの量感がたまらない。健太からはおっぱいが邪魔して保奈美の顔が見えないくらいだ。

さらにパンストを脱ぐ。

ウエストの部分に指を掛けてから、尻を突き出すように下ろす。そのまま片足ずつ薄皮を剝くように、クルクルと巻きながら脱いでいった。

むっちりとした太腿が現れる。素肌の白さが眩《まぶ》しい。

ついに純白のレースのパンティだけになった。

健太の胸は破裂しそうなくらい、ばくばくいっている。生まれて初めて、女性器を見るのだ。

保奈美もそのことをわかっている。わざと意識しながら、ゆっくりとパンティを脱いでいった。

童貞の健太をじらして楽しんでいるのか、それとも生まれて初めて女性器を見せるのが自分であることの恥ずかしさなのか、パンティを下ろす手はなかなか先に進まない。

「やっぱり……見たい？」

健太が無言で大きく頷《うなず》く。

「ああっ……どうしても、見たいのね……」

項《うなじ》まで真っ赤に染めた保奈美が、深く熱い息を吐く。

意を決したように目を閉じると、パンティを一気に足首から抜いた。

健太の顔を跨ぎ、まるで和式トイレに座るように腰を落としていく。そして、両膝を大きく開いていった。

「ああっ……恥ずかしい……」

健太の目の前に、秘密の淫裂が剝き出しになった。

白磁《はくじ》のように滑らかな肌に、漆黒《しっこく》の陰毛が広く吹き上がる。ひっそりと息づく肉厚の二枚貝は、わずかに紫がかった朱色で、少女と見まがうほどに形も整っていた。

容姿に劣らず美しい性器だった。

「すごい……保奈美さん……綺麗です」

AVでも妄想でもいつもモザイクの向こう側にあった世界が、今は吐く息が届くほど近くにある。

「はぁぁ……恥ずかしいわ」

興奮した。つい、手を伸ばしかけてしまう。保奈美の躰がびくっと震える。

「触っても……いいですか？」

「いいけど、優しくしてね。女のアソコって、とっても敏感で繊細にできてるの。だからそーっと触れなくちゃだめよ」

「は、はい。わかりました」

保奈美の性教育に、健太は真剣な表情で頷く。

（そうなんだ……女性のアソコって、敏感で繊細なんだ……）

ごくりと唾を飲み込むと、あらためて手を伸ばした。すでに裂けた柘榴《ざくろ》のように内部の果肉を綻《ほころ》ばせてしまっている保奈美の性器を、指で摘まんでさらに大きく開いた。

「はあああああっ……」

とろーりとした白い淫蜜が、滴り落ちてきた。それを見た瞬間、どうしても味を知りたくなって、思わず保奈美の性器に吸いついてしまった。

まったくの無意識の行動だった。躰が止まらない。

「ああんっ！」

保奈美が躰を仰け反らせて震える。健太は夢中になって花弁から溢れる淫蜜を啜《すす》った。それは多年熟成の紹興酒《しょうこうしゅ》みたいな味がした。

もちろん未成年の健太は、紹興酒など飲んだことはない。父親が友人から中国土産《みやげ》にもらったという古酒を、一口だけ舐めさせてもらったときの鮮烈な記憶を思い出したのだ。

保奈美の性器に吸いついて夢中になって啜っているうちに、まるで本当に酒に酔っ払ってしまったみたいに眩暈《めまい》を感じた。

舌を長く伸ばす。性器の奥深くに舌をこじ入れると、後から後から淫蜜がとめどなく溢れ出してくる。

それを舐め取るように、割れ溝に沿って必死で舌を動かした。すると、ぷくっとしたグミのような突起に舌が絡まった。

「んぐっ！」

保奈美が、びくっと肉体を痙攣させる。その反応でその肉の突起が特別なものであることがわかる。

「ああっ……クリトリスを……そんなこと……」

保奈美が興奮に掠れた声で言った。

(これがクリトリスなんだ)

噂《うわさ》では聞いていた。女性の肉体でもっとも感じるポイントらしい。

保奈美の自己申告を受け、舌先での愛撫をその一点に集中させることにした。舐めれば舐めるほど、淫核が硬く尖り、体積が膨張してくる。

「あんっ……すごいっ。いいっ！　もっと……ああっ、もっと激しくして！」

（さっきは優しくしなくちゃだめだって言ったのに……）

戸惑う健太には、女体《にょたい》の快楽の奥深さなどわかるわけがない。とにかく男の本能の赴《おもむ》くままに、ぷっくりと膨らんだクリトリスを舐めしゃぶり続けた。

「ああっ……いやっ……だめっ……だめよっ、だめっ……本当にだめっ……」

保奈美の口からは否定の言葉しか出てこない。それなのに保奈美は自分のほうからぐいぐいと性器を健太の口に擦りつけてきた。熱い肉汁が口の中いっぱいに溢れる。

それで調子に乗った健太も、硬く尖った肉の突起に、舌だけでなく歯まで当てて甘嚙みをしてみた。

「ひいいいっ！　イキそう。だめよっ。イっちゃいそう。ああっ、だめっ！」

次の瞬間、健太は保奈美の性器から口を離した。

「ど、どうして？　なんで、やめちゃうのよ？」

はあはあと荒い息を吐きながら、保奈美が恨みがましい目で健太を見下ろす。

「だって、保奈美さんがだめって言うことは絶対にしないって約束だから……」

「そ、それはそう言ったけど……」

「保奈美さん、だめっていっぱい言ってましたよ」

二人の視線が絡んだ。保奈美が熱い息を吐く。

「こういうときのだめはね……だめじゃないだめなの」

保奈美が照れ笑いをしながらも、拗ねたように健太を睨《にら》んだ。

「保奈美さん……僕、したいです」

勇気を出して、思いをぶつけた。

今この瞬間、保奈美という人間の美しさ、優しさ、そして温かさのすべてが愛《いと》おしい。初めて男になるのなら、保奈美のような人と交わりたいと本気で思った。

保奈美が、とろんとした瞳で健太を見つめる。捲《まく》れ上がった唇を、赤い舌がゆっくりと舐めていく。

「健太君、初体験……したいの？」

少しの躊躇《ためら》いもなく、健太は頷く。保奈美の黒い瞳に、健太が映っていた。

保奈美が健太のペニスにそっと触れた。女体のエキスが全身に回ったからか、破裂しそうなほど逞しく漲っていた。

「すごい……二回も出したのに、もうこんなになってる」

保奈美の手が優しく握ってくれた。

「本当にいいのね？　あたしが初めての相手でも……」

もう一度、健太は大きく頷く。迷いなどなかった。

「お願いします」

健太の思いを受け止めたように、保奈美もゆっくりと頷いた。

「わかったわ」

保奈美が自分の性器に、ペニスを宛《あて》がってくれた。柔らかな花唇が亀頭を咥える。ゆっくりと腰を落としていった。

「ああっ……保奈美さん……」

熱い粘膜が幾重にも絡み合いながら、亀頭に纏《まと》わりついてくる。さっき味わった舌よりもはるかに熱くて、優しかった。

「あと半分よ」

ずぶずぶと入っていく音が聞こえるようだ。熱く潤んだ愛肉が、ペニスを溶かしていく。

「うううううっ……」

「おめでとう、健太君。全部入ったわよ」

保奈美が躰を倒し、健太にくちづけた。

(ついに初体験をしたんだ！)

生まれて初めて女性と性器で交わった感動に、健太の胸は熱く震えた。なんだか泣きそうだった。

「うううっ、保奈美さん……ありがとうございます」

本当に涙ぐんでしまう。

「もう、だらしないわね。これからが本番なんだから。初めての女の責任として、セックスの気持ち良さをちゃんと教えてあげる」

保奈美がゆっくりと腰を上下に振り始めた。

ペニスが抜けるくらい尻を上げたかと思うと、次の瞬間には一気に根元まで全部を呑み込んでくる。蕩《とろ》けた淫襞が亀頭のカリ首に絡みながら、肉幹全体をしゃぶり上げていった。

それを繰り返しながら、だんだんとスピードを増していくのだ。

ペニスが呑み込まれるたびに、ぼしゅっぼしゅっと蜜壺が淫らな音を立てる。

それに合わせて保奈美の表情も次第に険《けわ》しいものになっていった。

「あああっ……あたしも……良くなってきちゃった……」

「保奈美さん……気持ち良い……」

「あああんっ、すごいわ……健太君の、大きい……奥まで……すごい奥まで届いてる」

保奈美も完全にエンジンが掛かったようだ。眉間《みけん》に皺を寄せ、髪を振り乱して腰を振り始めた。

それに合わせて健太の目の前で、西瓜《すいか》のような爆乳がぶるんぶるんっと上下に揺れた。壮大な眺めだ。

「ううう……保奈美さん、おっぱい揉んでもいいですか？」

「ああっ……だめっ……いやっ……すごいっ……あぁんっ……だめっ！」

「えー、だめなんですか？」

だめと言うことは、してはいけない約束だ。

「ああっ……いやっ！　揉んでちょうだい！」

良いのか、悪いのか、健太の頭の中はぐちゃぐちゃだ。

本能の赴《おもむ》くままに目の前の巨大な双乳に手を伸ばした。軟肉に十本の指が、ずぶずぶと沈み込む。

「あああんっ……いいっ！」

（なんて柔らかいんだ！　それなのにすごい弾力。なんなんだ、これ）

健太にとって生まれて初めての生乳揉みだ。蕩けるような感触に、目も眩《くら》むような興奮にさらされる。

両手でぐいぐいと力を込めて、ひたすらに目の前の爆乳を揉みまくった。たわわな肉房が見るも無残な形に次々と変形していく。

その間も保奈美は、健太に馬乗りになって、激しく腰を振り続けていた。蕩ける淫肉で包み込まれたまま、保奈美の超激ロデオ攻撃を受けているのだ。ペニスが今にも腐ってしまうかと思うくらいに気持ち良かった。

もしも先に二回の射精をしていなかったら、きっと五秒と持たなかったに違いない。

保奈美が膝を立て、脚をM字に開く。これだと腰を動かしやすいのか、上下運動の速度がさらに速くなった。

健太は首を起こして、擦り合っている二人の陰部を覗いた。どろどろに濡れそぼった保奈美の赤黒い淫裂を、破裂しそうなほど漲った黒い巨塔が突き刺している様子がよく見えた。

その生々しい様《さま》を見てしまったら、もうだめだった。

初体験の健太には刺激が強すぎた。

「あああっ……保奈美さん！　そんなにしたら、もう……出ちゃいます……」

「はううんっ。あんっ……あああんっ……出して！　あたしの中に……熱いやつを……いっぱい出して！」

「うぉおおおっ……出るっ！」

三回目の射精だというのに、いったいどこにこれだけの精液があったのか、大量の激流が尿道を駆け抜けていく。尿道を内側から擦られる激しい快感に、健太は全身を硬直させながら必死で耐える。

「くうううううっ……」

瞼をきつく閉じた。嚙み締めた唇から、嗚咽《おえつ》が漏れ出る。

「はううっ……止まんない……あうっ……出る！」

どくんっどくんっと脈打ちながら、思う存分保奈美の中に精液を吐き出した。

今まで生きてきた中で、一番気持ちの良い射精だった。至高の射精だ。

「あううっ！　おうおうおう……」

「ああん。すごい……健太君、すごいいっぱい……あたしも……イクっ……」

子宮の奥底に灼熱の精液を大量にぶつけられた保奈美も、我慢しきれずに戒めを解く。嵐のようなオルガスムスに翻弄《ほんろう》される。

全身を痙攣させながら、保奈美が覆《おお》い被さってきた。健太の髪をクシャクシャにしながら、涎を垂らして、夢中になってしがみついてくる。

「あああっ……イクッ、イクッ、イクッ……」

力尽きて手足を弛緩させた健太の上で、保奈美がびくんっびくんっと痙攣を繰り返す。

脈打つペニスは、爛《ただ》れた底なし沼に咥え込まれたままだ。

健太の胸で潰された保奈美の乳房から、熱い鼓動が伝わってくる。耳元では荒い呼吸。流れる汗の匂いに包まれる。

「ああっ……精子が熱いわ……お姉ちゃん、すごく熱い……」

いつまでも痙攣が止まらない保奈美が、うわごとのように言った。

健太は初体験の余韻《よいん》の中で陶然《とうぜん》となりながらも、保奈美の言葉に戸惑っていた。

第二章　少女人形

1

翌日の日曜日。健太は朝からずっと檻《おり》の中の熊のように、部屋の中をうろうろと歩き回っていた。

（うわー、ついに初体験をしてしまった！）

昨夜の保奈美との熱いひとときが蘇《よみがえ》る。

女体の柔らかさ、温かさ、激しさ、そして何よりも気持ち良さは、健太の想像をはるかに超えていた。まだ生々しく、保奈美の躰《からだ》の感触が残っている。

十八歳にして、ついに大人の階段を上ったのだ。

（もう、童貞じゃないんだ！）

気がつくと、顔がにやけていた。意味もなく、ガッツポーズをしていた。誰に自慢できるわけでもないが、なんだか大声で叫びたいような気分だった。

ところが、鏡に映った自分の締まりのない顔を見ているうちに、だんだん罪悪感も湧き上がってきた。

麻衣子の笑顔が脳裏に浮かぶ。

麻衣子を支えてあげられるような大人の男になるため、東京の大学に心理学の勉強をしにきたのだ。それなのに、こんなことをしていていいのだろうか。

そう思うと、気持ちも急速に萎《しぼ》み、健太の胸の中はもやもやした思いでいっぱいになった。

(ごめんね、麻衣子さん。もう浮気はしないからね)

別に恋人というわけでもないのに、健太は心の中で麻衣子にそっと詫《わ》びた。

気を取り直して、先輩たちに挨拶回りに行くことにする。

保奈美からもみんなに挨拶をするように言われていたのだが、昨夜はその保奈美と初体験をすることになってしまい、挨拶回りどころではなくなってしまっていた。

引っ越し荷物の中に母親が入れてくれた温泉饅頭《まんじゆう》を持って、部屋を出る。

健太もいよいよ明日の月曜日からは、所長の善助に教わりながら、配達を始めることになる。あらためてきちんと挨拶をしておきたかった。

まずは一号室のインターホンを押す。すぐに早瀬拓造が顔を出した。

「おおっ。新人かぁ。よろしくなぁ」

欠けた前歯でニッと笑いながら、人懐《ひとなつ》っこそうな顔で声をかけてくれた。

「これ、たいしたものじゃないですけど……」

持ってきた温泉饅頭を渡す。

牛乳瓶の底みたいな分厚い眼鏡で包装紙の文字を読みながら、拓造は嬉しそうに包みを受け取った。

「うほぉっ。なんか、悪いね。あがれよ。インスタントだけどコーヒーくらい淹《い》れるから、これ、一緒に食おうぜ」

室内は意外にも片づいていた。小さなガラステーブルの前に座る。なんの気なしにテーブルの上に置いてあったものに視線を落とす。

「あっ、それね……一枚あげるよ」

イメクラの割引券だった。束になっていて、二十枚くらいありそうだ。

「は、はあ……」

健太が受け取っていいものか迷っていると、ニコニコと笑いながら、強引に押しつけるように握らせてくる。

「いいの、いいの。遠慮しなくても。俺、いっぱい持ってるんだから。ここのナースプレイは、すっごいんだぜ。もうすっかりはまっちゃって、おかげで割引券がたくさんあるってわけ」

額《ひたい》はかなり禿《は》げ上がり、デブで背も低い。どう見ても五十過ぎの中年男にしか見えないのだが、実際はまだ二十一歳で、三浪中の予備校生だと聞いている。

産婦人科医になるために医学部を狙っているらしいが、健太からすればその動機も怪しく思えてならない。

「その店、いい子がいっぱいいるんだ。でも、ろくでなしの男に引っかかって貢《みつ》がされちゃってる子とか、弟さんが難病で借金のある子とか、みんな、かわいそうな子ばかりなんだよ。だから、応援してあげたくてね。それもあって、通ってるんだ。俺ってさ、不幸な女性を見ると助けずにはいられない性質《たち》なんだ。こういうのを心理学的にはカメリアコンプレックスって言うんだってな」

拓造がコーヒーカップと一緒に、健太の前に一冊の本を置いた。表紙に、『心理学的コンプレックス』と書かれていた。

イメクラの女の子たちの境遇については、ちょっと眉唾《まゆつば》な感じもしたが、それに簡単に引っかかってしまう拓造は、たしかに心理的に危《あや》ういところがあるのかもしれない。

「病気なんですか？」

健太は本を手に取り、ぱらぱらとページを捲《めく》りながら、拓造に尋ねた。

「まあ、過ぎればなんでも病《やまい》になっちゃうけどね。それほど大げさなもんじゃないさ。健太君は心理学専攻だったよね。その本、貸してあげるから読んでみなよ」

「はい。ありがとうございます」

「そんなことよりさ。給料出たらその店、一緒に行こうな。いひひひっ……」

「は、はあ……」

言葉を濁《にご》す。

容姿で人を判断するわけではないが、拓造を見る限りでは、何かの心理的なコンプレックスというよりは、ただのスケベという気がしないでもない。

健太としても童貞を失ったばかりなので、さすがに風俗など、まだ行く勇気もなかった。

「あっ、それから後でこのあたりの美味《うま》いラーメン屋とかコンビニとか銭湯《せんとう》とか、案内してあげるよ」

「ありがとうございます、助かります。でも……銭湯ですか？」

「ほら、ここの部屋って、ユニットバスが狭いだろう。仕事の疲れをとるためにもゆったりと大きな風呂に浸《つ》かりたいじゃない？　近所の商店街に、富士の湯《ふじのゆ》って良い感じの銭湯があるんだ」

「なるほど……ありがとうございます」

イメクラの話をされたときには驚いたが、案外と良い人なのかもしれないと思い直す。健太は笑顔で頭を下げた。

2

次に二号室に挨拶に行く。

開いたドアから顔を出した川原水樹を見て、健太は茫然《ぼうぜん》となった。

絶世の美女とは、まさにこういう女性のことを言うのだろう。芸能人や女優でもこれだけ美しい人は見たことがなかった。

二十二歳の大学四年生と聞いていたが、大学のミスキャンパスはもちろん、ミスユニバースの日本代表にでも十分になれそうだった。

身長は一八〇センチ近くあるのではないだろうか。健太より目線が十センチくらい高い。

ファッションモデルのようなスレンダーな肢体《したい》に、腰まで届く艶《つや》やかなストレートロングの黒髪がよく映えている。小さな顔を少し傾けただけで、その髪がさらさらとそよ風のように流れた。

芸術的なまでに完璧なバランスを持った顔立ち。とくに洋猫を彷彿《ほうふつ》とさせるくっきりとした大きな目と、その中に濡れて光るアーモンド色の瞳は、魂を吸い取られそうなほど印象的だ。

「あ、あの……これ、たいしたものじゃないですけど……」

あまりの美しさに、温泉饅頭を渡す健太の手も震える。

「私なんかのために、こんなにしてもらってすみません」

水樹は恐縮しきった様子で、大柄な躰を折り曲げるようにして、何度も頭を下げる。たかが饅頭ごときでここまで恐縮されるとは思ってもみなかった。

だいたいどう考えても、「私なんか」というレベルの美女ではない。世の女性が聞いたら嫌味に思うだろう。

「いえ、ほんとにたいしたものじゃないですから」

「そ、それじゃあ、ありがたくいただきます」

初対面ということもあるのだろうが、健太よりも年上だというのに控えめな口調なのは、性格のためだろう。

少しおどおどしすぎているようにさえ感じられた。

(それにしても、すごい美人だよなぁ)

失礼とは思いながらも、あまりの美しさについ見惚《みと》れてしまう。

「ああ、ごめんなさい。お化粧もろくにしてなくて、見苦しい顔を見せてしまって……」

健太の視線に、水樹は勘違いしたようだ。

だいたい、見苦しいなんてとんでもなかった。すっぴんでも、まったく差し支えない。芸術的に端整な顔は、むしろ余計な化粧など邪魔なくらいだ。

(なんで、そういう発想になるんだろう?)

健太は不思議そうな思いで、目の前の美女を見つめた。

「い、いや……そういうことじゃなくて……」

悲しげに目を伏せている水樹を見ていると、本当はどれほど美しいのか、教えてあげたいと思うのだが、健太にしても初対面の女性と、とてもではないがそんな会話をする勇気はなかった。

「本当にごめんなさい。失礼しますね」

再び何度も頭を下げて、水樹はドアの向こうに消えた。

3

次に三号室の佐川直人のところに挨拶に行った。

直人は法学部に通う大学四年生で、司法試験合格を目指していると聞いていた。

父親は現役の弁護士ということなので、生活にも困ることはないはずなのだが、なぜか新聞奨学生として自活をしている。

保奈美もそのあたりの詳しい事情までは知らないようだった。

「ああ、新人の……森口健太君だっけ？」

なかなかのイケメンではあるのだが、その顔はまるで引きこもり青年のように暗く青白かった。まるで魂を抜き取られたようにさえ見える。

「はい。よろしくお願いします。これ、たいしたものじゃないですけど……」

「ありがとう……」

ぼそぼそとした小さな声で礼を言いながらも、直人の顔は無表情のままだった。

「そ、それじゃあ……これから、よろしくお願いします」

なんとなく気まずくて、さっさと次に行こうとした健太を、直人が引き止める。

「よかったら、俺の彼女にも会っていかないか？」

「えっ？　佐川さんって、彼女がいるんですか？」

さっきまで暗かった直人の顔が、まるで花が咲いたように、ぱっと明るくなった。

「ああ、ちょうど今、二人で君の噂をしてたところなんだ。元気のいい新人が入ったって話したら、彼女も君に会いたいって言ってたよ」

直人ほどのイケメンなら、さぞかしその彼女も美人だろう。

興味をそそられた。

「じゃあ、ちょっとだけお邪魔して、挨拶させていただきます」

靴を脱いで、直人の後についていく。部屋の中に入って、健太は腰を抜かしそうになった。

ぐるっと中を見渡したが、そこには彼女どころか誰もいない。

シックな黒いベルベットのカーテンと深いグレーの毛足の長い絨毯《じゅうたん》。ベッドに掛かっているカバーも黒いシルクだ。

壁際には高級そうな黒い革のソファが置いてある。そこに座っていたのは、実物大の美しい女性の形をした人形だった。

「佐川さん……こ、これって……」

「紹介するよ。俺の彼女の凜々子《りりこ》だ」

「彼女って……これ、人形じゃないですか」

「失礼だな。凜々子は単なる人形とは違う！　スーパーリアルドールだ。アルミニウム合金の骨格に高級シリコン製の肌を持ち、肉質も軟質ウレタン樹脂で本物の女性以上の柔らかさを感じさせてくれる。アソコだって本物以上に気持ち良くできてるんだ。なんてったって百万円以上もした特注品だからな」

「百万円って……そもそも……シテるんですか？　その……凜々子さんと」

「当たり前だろう。彼女なんだから」

凜々子は大胆に胸元が開いたセクシーなイブニングドレスを着せられていた。

確かに表情や肌の質感など、驚くほど精巧にできており、限りなく人間に近い。しかも超美形だ。しかし、あくまでも人形なのだ。

「凛々子はファッションが大好きだから、服にも気を遣うよ」

直人がクローゼットの扉を開けると、そこには女性用のドレスやスーツ、ワンピースなどが何着も掛かっていた。

(僕より服をいっぱい持ってるよ……)

「す、すごいですね……まさかとは思いますが、下着とかも?」

「もちろん、あるよ」

直人がクローゼットの下の引き出しを開けると、赤や黄色や青といったカラフルなランジェリーがいっぱい詰め込まれていた。

「凛々子はランジェリーにこだわりがあるからね。すべてフランスのインポートものを揃えているんだ」

「こだわり……ですか……」

健太は眩暈《めまい》がしそうだった。

「俺は、恋人に裏切られたことがあるんだ」

直人が表情を曇らせる。

「失恋ですか?」

健太の言葉に、直人の目が急に険《けわ》しくなった。

「人間の女なんてだめだ。嘘ばっかりだからね。それに比べて凜々子は、絶対俺に嘘をつかない。だから、俺も凜々子を愛することができるんだ」

健太は拓造の部屋で流し読みをしたばかりの心理学の本、『心理学的コンプレックス』に書かれていたことを思い出した。たしか似たような症例が載っていた。ピグマリオンコンプレックス、いわゆる人形偏愛症だ。

なぜ直人が実家を出て一人暮らしをしているのか、その理由がわかったような気がした。

「あのう……僕、そろそろ失礼します」

後ずさりしながら、健太はお辞儀《じぎ》をする。

(まじでやばいよ、この人。人形を見るときの目がイっちゃってる)

健太は怖くなってきた。

「凜々子も健太君のことが気に入ったみたいだ。またいつでも、凜々子に会いに来てくれよ」

直人が、にやっと笑った。

4

最後の四号室には、綾部百合亜が住んでいる。

インターホンを押したが、応答がなかった。しかし、ドアの向こう側からは派手な音楽が聞こえてくる。

「気づいてないのかな？」

何気なくドアノブを回してみる。ドアが開いた。そのとたんに大音量で流行《はや》りのアイドルグループの曲が押し寄せてきた。

「すみませーん。隣の森口ですけどー」

中に入りながら大声を上げた。

「キャー！」

そこには超ミニのメイド服で、曲に合わせて激しく踊っていた百合亜がいた。

「ごめんなさい！」

見てはいけないものを見てしまった気がして、慌てて踵《きびす》を返して外に出ようとする。その後を追いかけるようにして、百合亜も玄関口まで走ってきた。

「ちょっと、待ってよ！」

腕を摑まれた。仕方なく立ち止まり、振り返って百合亜に向き直る。

身長は一五〇センチもなさそうだ。かなり小さい。セミロングの栗色の髪を、白いリボンでツインテールに結《ゆ》わえている。

玉子のようにつるっとした丸顔に、くりくりとした少女のように愛らしい眼とぷっくりとした小さな唇が並ぶ。

健太より一つ年上の十九歳と聞いていたが、ノーメイクに黒縁メガネを掛けた顔は、女子中学生のようにあどけなかった。

頭には銀のカチューシャが光っている。

ピンクを基調とした超ミニ丈《たけ》のメイド服は、胸元がハート形にくりぬかれていて、小柄な躰には不似合いなほど豊満な乳房が、はちきれんばかりに露《あら》わになっていた。

くっきりと浮き上がった深い胸の谷間と少女のような顔のギャップが、エロティックだ。

白いレースのニーハイソックスを穿《は》いた脚は細くまっすぐに伸びていて、スカートから覗くわずかな絶対領域の太腿がたまらなく眩しい。

見ているだけで、悪いことをしているみたいな気分にさせられた。

「見たわね〜」

あらためて聞くと、小さな躰のイメージどおりのアニメ声。妹キャラのヒロインのような、萌《も》え系のカン高いソプラノだった。

「す、すみません。ドアが開いちゃったんです」

「あたしの秘密を知られた限りは、このまま帰すわけにはいかないわ」

腕を摑まれて、そのまま部屋の中まで引きずりこまれる。健太には妹はいなかったが、妹に怒られる兄の気分とはこういうものかと、とんちんかんなことを考えたりした。

もっともいくら見た目が女子中学生みたいで、しかも萌え系メイド服のコスプレをしていても、実際には百合亜は健太より一歳年上で、仕事でも先輩になるのだ。ここは丁重に謝っておかなければいけない。

「ごめんなさい。誰にも言いません。約束します。本当です」

そう言いながらも健太の視線は、部屋中に所狭しと吊り下げられている色とりどりのコスチュームに釘づけになってしまった。

軽く五十着はありそうだ。メイド服だけで様々なタイプのものが十着ぐらいは見える。

さらにはレースクイーン、婦人警官、キャビンアテンダント、ナース、チアリーダー、チャイナドレス、セーラー服など、ありとあらゆる制服が揃っていた。テニスウエア、フィギアスケート、競泳用水着などのスポーツウエアもたくさん目につく。

百合亜が健太の視線の先を追い、顔色を変える。その可愛らしい顔は、今にも泣きそうになっていた。

「嘘よ。絶対に言いふらすつもりだわ。綾部百合亜は部屋の中でコスプレして踊っている変態女だって、みんなに言って、笑い者にするつもりでしょ」

「そんなこと、言いませんよ」

「だって、あたしのこと、エロエロな変態女だって、そう思ってるんじゃない？」

「思ってませんってば」

（実際にはちょっと思い始めてるけど……）

「ほんとに？」

百合亜がつぶらな瞳をうるうると涙で潤ませながら、上目遣いで健太を見つめる。その瞳を見た瞬間、健太の胸はきゅんとなってしまった。

（可愛い！　なんて、可愛い子なんだ）

小柄な百合亜が健太をまっすぐに見つめると、どうしても下から見上げる形になる。いたいけな童顔《どうがん》と比べると、白いエプロンで押し上げられた深い胸の谷間が、いやがうえにも強調されてしまう。

「ほんとに言いません。だって、こんなに似合ってて可愛いし……」

「えっ？」

百合亜の表情が変わる。

「可愛いだなんて……そんなぁ……」

両手を紅《あか》く染まった頬に当て、躰を捩《よじ》るようにして照れている。その仕草《しぐさ》もたまらなく可愛かった。

「ほんとです。綾部さん、すごく可愛いです！」

百合亜が健太のことをじっと見る。

「百合亜って呼んでいいわよ。……健太君も、コスプレ好き？」

健太の顔を覗き込むように見つめる百合亜。ハート形に開いた胸元からは、むっちりとした小玉西瓜《こだますいか》サイズのおっぱいが、今にもこぼれそうになっていた。

アイドルの曲に合わせて激しく踊っていたからだろうか。真っ白な胸の谷間には、幾粒もの汗の滴《しずく》が浮き上がっていた。

「も、もちろん、コスプレは好きです！」

可愛い女の子のコスプレ姿が嫌いな男なんて、はたしてこの世の中にいるものだろうか。

「嬉しい！　健太君もオタクだったんだぁ」

「い、いや、別にオタクってわけじゃ……」

百合亜はぴょんぴょんと飛び跳ねながら、嬉しそうに健太の腕に抱きついた。

たぷんたぷんの巨乳が、健太の肘《ひじ》にぐいぐいと押しつけられる。柔らかかった。

「ねえ、健太君……」

百合亜が言いにくそうにもじもじしている。

「なんでしょうか？」

「もし良かったら、同じ趣味の持ち主として……付き合ってくれない？」

百合亜が澄んだ瞳をきらきらと潤ませながら、上目遣いで甘えるように言った。

百合亜のいきなりの言葉に、健太は戸惑う。

（たしかに百合亜さんはアイドルなみに可愛いけど、僕には麻衣子さんっていう

大切な女性がいるんだ)
「百合亜さん、すごく嬉しいんですけど、僕には心に決めた人が……」
「じゃあ、さっそく、これ脱いじゃうね」
(って、おーい、ぜんぜん人の話、聞いてないよ……)

5

百合亜がカーテンを引いて、その裏側に身を隠す。逆光《ぎゃっこう》なので、春の日差しを通して、華奢《きゃしゃ》な躰のシルエットが透けて見えていた。

(どうしよう……百合亜さん、脱いでるよ……)

カーテンの向こう側で、百合亜が服を脱いでいる。ここはマンションの五階だから、外からも覗かれる心配はないだろう。

「健太君、まだ見ちゃだめだよ」

カーテンの脇からぴょこんっと顔だけを出して、百合亜が笑った。こぼれるような笑顔がたまらない。剝き出しになった裸の肩の白さが眩《まぶ》しかった。

カーテンの下に、メイド服がバサッと落ちた。続いて黒縁眼鏡と白いレースのニーソックスも落ちてくる。あまりの急な展開に、健太の期待は最高潮に達する。

カーテンの向こう側で、百合亜が裸になっているのだ。そう思っただけで、胸がドキドキして破裂しそうだ。

「健太君、準備ＯＫだよ。いくよ」

「は、はい」

額を汗が流れた。いよいよ、百合亜のヌードが見られるのだ。それからすることと言えば、もちろん一つしかないだろう。

女子中学生のように可愛い百合亜が、全裸で躰をくねらせている姿が目に浮かんだ。鼻血が出そうだった。

（ど、どうしよう。もう浮気はしないって誓ったのに。でも昔から、据《す》え膳《ぜん》食《く》わぬは男の恥って言うし、旅の恥はかき捨てとも言うし……あっ、一人暮らしは旅じゃないか……）

健太の心は揺れに揺れていた。

勢いよく、カーテンが開く。

「じゃーん！」

カーテンの陰から現れた百合亜は、ミニスカートの婦人警官のコスプレ姿だった。

「ええっ？」

「健太君、逮捕しちゃうぞ」

百合亜が床に片膝を付いて、両手で拳銃を撃つ真似をしながら、ウインクをした。深いサイドスリットが大胆に割れて、太腿が付け根まで丸見えになっている。

「健太君、どうかな？」

「どうかなって、そ、そりゃ、もちろん可愛いですけど……」

「良かった！　じゃあ、このカメラで撮ってね」

百合亜がニコニコしながら、デジカメを差し出した。展開が摑めないまま受け取ると、仕方なくカメラを百合亜に向け、シャッターを切った。

二十枚ほど撮影したところで、百合亜が再びカーテンの陰に消えた。

「でも嬉しいなぁ。健太君があたしのコスプレファッションショーに付き合ってくれて」

(付き合ってって、ファッションショーのことだったのか)

まったくの早とちりだ。危ないところだった。

勘違いしたまま百合亜に変なことでもしていたら、それこそ健太のほうが変態扱いされていただろう。婦人警官のコスプレ女性にいかがわしいことをして逮捕されるなんて、洒落《しゃれ》にもならない。

（でも考えてみれば、百合亜さんのコスプレがいっぱい見られるんだから、これはこれでラッキーだよな）

「これはどう？」

カーテンの陰から飛び出してきた百合亜は、紺のセーラー服姿だった。

（うわあっ、可愛い！）

少女のようなキュートな顔で微笑みながらも、十九歳でセーラー服を着たのが恥ずかしいのか、白い頬を紅く染めていた。

「お兄ちゃん、あそぼ！」

もともとのアニメ声をさらに意識して声優っぽく発声しながら、百合亜が小首をちょこんと傾《かし》げて微笑んだ。

小柄な躰に、セーラー服が良く似合っている。ミニスカートから惜しげもなく露わになった生脚もぴちぴちと弾けそうなほどの瑞々《みずみず》しさで、本物の女子中学生にしか見えない。

百合亜がファッションモデルのようにその場でくるりとまわった。プリーツのミニスカートがふわりと広がり、純白のパンティがチラリと見える。

その瞬間、煮え滾《たぎ》った血液が、全身から健太の股間に濁流《だくりゅう》となって流れ込んだ。チノパンの生地《きじ》さえ突き破ろうかという勢いで、ペニスがびんびんに漲《みなぎ》る。

「あううううっ……」

「健太君?」

「す、すみません。なんでもないんです……」

「なんでもないってことは……ないよね。そんなになってるもん」

「えっ?」

百合亜が健太の股間を気まずそうに指差した。チノパンの前の部分が、見事に巨大テントを張っていた。

「……す、すごいね……」

百合亜は恥ずかしそうに両手で顔を覆って、その場に座り込んでしまった。

「ああっ……どうしよう。困っちゃったな……」

その瞬間、百合亜の眼つきが変わった。しなやかな手がすうっと伸びてきて、勃起したペニスをズボンの上から、優しく両手で包み込んだ。

「な、何をするんですか！」

「困ってるんでしょ？　心配しないで。あたしがすぐに楽にしてあげるから」

百合亜が健太のチノパンに手を掛けて、ボクサーパンツと一緒に一気に膝まで下ろしてしまった。

（いったいどうなってるんだ？）

ぶるんっと勃起したペニスが、臍《へそ》に付くくらい豪快に立ち上がった。熱く煮え立つ肉幹が空気に触れる。

「きゃっ、大っきい……」

有り得ない展開に、どうしていいのかわからない。

「ちょ、ちょ、ちょっと……何をするんですか？」

「何をするって、この状況ですることは決まってるでしょ。一発抜くのよ」

「まじですかー？」

「あたしじゃ、いや？」

百合亜がキュートな瞳で上目遣いに見つめてくる。

（うわぁ、なんて可愛いんだ！）

充血した肉塔が、さらに一回りもびーんと大きくなってしまった。もう、興奮を隠しようがない。

「いやじゃないです。いやな訳ないじゃないですか」

「うふっ。良かったぁ」

百合亜の小さな手のひらで、肉幹をねっとりと包まれた。ひんやりとした指が絡みつく感触に、ぶるっと身震いしてしまう。

「健太君の……すごい……熱いよ」

百合亜がとろんとした目で、剛直を扱《しご》き始める。

「あふっ……くふうううううっ……」

「そんなに気持ち良いの？　先っぽからぬるぬるした液がいっぱい出てる」

溢れ出るカウパー液を、百合亜の指先が亀頭に擦りつける。小さな手のひらを漲った剛直に被せるようにして、両手でぐちゅぐちゅと上下に擦った。

「あうううううっ……百合亜さん……はうううっ……」

怒張《どちょう》の中心を快楽の高圧電流が駆け抜ける。躰がびくんっびくんっと痙攣《けいれん》した。

気持ち良さに、立っていることもままならない。

それを見つめる百合亜の目つきも、うっとりとしたものになっていた。細い指を亀頭のカリに引っかけるようにして刺激してきたり、二つの陰嚢を両手で同時に揉んだり、次々に工夫をしながらペニスに快感を送り込んでくる。

「他にも、してほしいことある？」

「他にもって……」

「遠慮しないで、健太君がしてほしいことを言っていいのよ」

保奈美にフェラチオしてもらったことが、脳裏をよぎる。

柔らかで熱い舌遣いで、ねっとりとペニスをしゃぶられた濃厚な快感が、ありありと思い出された。それだけで背筋がぞくっとした。

もし許されるのなら、あの天にも昇るような快感を、もう一度味わってみたい。

「あの……できれば……百合亜さんのお口で、してもらうなんて、もちろんだめですよね？」

「お口で……」

その瞬間、百合亜の顔が見ていてもわかるくらいはっきりと真っ赤に染まる。

やはりバツイチ熟女の保奈美と同じことを、十九歳の百合亜に求めてはいけなかったのだ。

「す、すみません。無理ならいいんです。変なこと言っちゃって、ごめんなさい」

怒られるのかと思った。ところが百合亜は視線を泳がせながらも、その小さな頭をコクリと頷《うなず》かせたのだ。

「いいよ。百合亜が、お口でしてあげる」

夢かと思った。夢なら、どうかイクまで覚めないでほしい。

パールピンクの小さな唇が、ゆっくりと近づいてくる。触れたか触れないかくらいの微かな感触で、ちゅっちゅっちゅっと、何度も亀頭にキスされた。

「あうっ、あうっ、あうっ」

そのたびにびくんっびくんっと、ペニスが激しく脈打つ。百合亜が亀頭にくちづけたまま、恥ずかしげに見上げてくる。

唇が開くと、鮮やかなさくらんぼ色の舌が、おずおずと伸びてきた。

最初は裏筋に沿って、ゆっくりと舐め上げていく。柔らかな舌によるフェザータッチが、なんとも言えない心地良さだ。

舌の動きが、だんだんと大胆なものへと変わっていった。

尿道口の中までぐりんぐりんと舌先で嬲《なぶ》られたかと思うと、今度は舌の腹全体を遣ってべちょべちょと肉幹を舐め回される。

「はふうっ、はふうっ、はふうっ……」

天にも昇る気持ち良さとは、まさにこういうことを言うのだろう。ペニスが蕩《とろ》けて落ちてしまうのではないかと思うくらい、深い快感に襲われた。

「気持ち良い？」

ぴちょぴちょと舐めながら、百合亜が聞く。健太は頷くのが精一杯で、返事をすることもままならない。

そのまま一気に呑み込まれた。

凄まじい快感で、全身に鳥肌が沸き立つ。

保奈美のフェラチオがまったりと脂《あぶら》の乗った大トロならば、百合亜のはジューシーな完熟マンゴーの味わいだった。女性の口の中のそれぞれの違いに、感動して涙が出そうだった。

百合亜が前後に首を振り始めた。たっぷりの唾液が溢れた口の中で、ペニスがくちゅくちゅと刺激される。

セーラー服姿で跪《ひざまず》いた百合亜が、可憐な唇から涎を垂らしながら、いやらしい顔でフェラチオをしてくれている。ツインテールに結ばれた栗色の髪が、ゆらゆらと揺れる。

少女のように童顔の百合亜には、セーラー服姿がよく似合っているので、なんだか本当に女子中学生にフェラチオされているみたいだった。

背徳感が押し寄せる。欲望はさらに膨れ上がっていくばかりだ。

健太はセーラー服の胸に手を伸ばした。弾力のある豊乳に指が沈み込む。

百合亜が、触りやすいようにセーラー服の胸元を摘まんで開けてくれた。遠慮することなくセーラー服の胸元から手を差し込ませてもらい、ブラジャーのカップの中を弄《いじ》る。

もっちりとした柔肌が、手のひらに吸いつくようだ。

同じ巨乳でも、やはり女性によって感触は全然違う。

保奈美のおっぱいが溢れるコンニャクだとしたら、百合亜のは水風船のようだった。揉めば揉むほどに、弾力が指を押し返してくる。

手のひらの中で、乳首が硬く立ち上がる。乳首ごと握り潰すように、双乳をぐいぐいと揉みまくった。

「うんんんっ……」

百合亜が鼻にかかった声を漏らす。乳房を揉まれる快感が躰に火を点《つ》けてしまったようで、ペニスをしゃぶり上げる吸引力がさらに強くなった。

尖《とが》った乳首を摘まんでみる。

「くっ！　んんっ……んぐっ！」

しゃぶりながら、百合亜が肩を震わせた。どうやら乳首がかなり敏感みたいだ。

健太は摘まんだ乳首を指先で転がしたり、きつく爪を立てたりしてみた。

「んふううううっ……」

強めの刺激が感じるらしい。百合亜がぶるぶると震えている。

両手を遣って、両方の乳首を同時に嬲《なぶ》ってみた。

「あうううっ……百合亜さん……くふうううっ……」

仕返しのように、ペニスを一気に喉奥まで呑み込まれた。次の瞬間にはカリ首に舌が絡むまで吐き出され、そしてまた深く呑み込まれる。

真空状態の口の中で、溢れる唾液でふやけそうなペニスを、キューッと吸い込まれながらの連続攻撃に、健太はついに悲鳴を上げる。

「ああぁっ……くふううっ……そんなにしたら、僕、もう……」

ペニスの奥底で、淫楽の炎が燃え上がる。尻の穴をきゅっと締めて必死に耐えてきたが、もう限界だった。

百合亜が健太を見上げる。その目が、そのまま出していいよ、と言っていた。

「ああっ、百合亜さん……もう、出ちゃう。ああっ……出るっ。出るっ。出るっ！」

目をきつく閉じると、全身を硬直させた。そのまま縛《いまし》めを解く。

欲望の濁流が、ペニスの中を一気に駆け抜けた。性器の内側から神経を引っ掻かれるような、強烈な刺激に襲われる。

痙攣が止まらない。息ができないくらい気持ち良かった。

「うくぅぅぅぅ！」

どぴゅっ、どぴゅっ、どぴゅっ、どぴゅっ。

大量の精液を百合亜の口の中に放出する。百合亜は可愛らしい顔をうっとりとさせながら、すべてを受け止めてくれた。

「ああああっ……すごいです。百合亜さん……」

たっぷりの射精を喉奥で受けながらも、百合亜は亀頭に吸いついて、ちゅうちゅうと残った精液を吸い出してくれた。そのたまらない刺激に、ぶるぶると身震いした。

ぬぽんっと、小さな唇からペニスが飛び出す。健太のことを見上げながら、百合亜は、ごっくんと精液を飲み干した。

唇の端についた白濁液を手の甲で拭うと、百合亜が笑顔で立ち上がる。

「はい。もうこれで落ち着いたでしょ？」

健太は歓喜に打ち震えながら、茫然と立ち尽くしていた。

6

すごい衝撃だった。まだ、意識が朦朧《もうろう》としている。健太は腑抜けたように、焦点《しょうてん》のぼやけた目で、宙をぼんやり見ていた。

倦怠感《けんたいかん》に支配されて、躰を動かす気にならない。百合亜が、健太のパンツとズボンを上げてくれた。

「ちょっと……大丈夫？」

「あっ……はい……」

やっと意識がはっきりしてくる。

「じゃあ、ファッションショーを再開しよ」

セーラー服姿の百合亜がカーテンの裏側に隠れる。

「あの……百合亜さんは、どうしてコスプレを始めたんですか？」

「んー、きっかけはやっぱりアキバかなぁ」

「アキバ？」

「秋葉原《あきはばら》のことよ。あたし、毎週日曜日はアキバに行って、地下アイドルとして路上パフォーマンスをしてるんだ」

「地下アイドルって、コスプレして歌ったり踊ったりするやつですか？」

健太もテレビや雑誌で見たことがあった。

「うん、そう。中三のときにママが病気で亡くなったの。すごく悲しかった。だって、あたしは世界で一番ママのことが好きだったから。だから、あたしは毎日泣いて暮らしてた。でもね。パパは違ったの。パパはママが亡くなって一年後に、自分の会社の秘書と再婚したんだ。たった一年後よ」

「ずいぶん早いですね。もしかして……」

母親の生前から、父親は秘書と関係があったのだろうか。健太は言いづらそうに質問した。

「ううん。それはないって言ってた。ママの葬儀をパパの会社の人たちが助けてくれたんだけど、その中心になったのが、秘書の冴子《さえこ》さんだったの。パパとはそれが縁で親しい関係になったんだって。でも……確かに疑われても仕方がないよね」

百合亜が寂しそうな顔をして俯《うつむ》いた。

「その頃から秋葉原に通ってるんですか？」

「なんか、家にあたしの居場所がないような気がして……。毎週日曜日にアキバでコスプレして踊ってたの。そのうちに、常連さんっていうか、よく来てた男の子たちと友達になってね。あたしが踊ると、みんなが喜んでくれるんだ。みんなに幸せになってもらいたいから、あたしはアキバの街で踊るの」

秋葉原でコスプレして踊ることで、百合亜は自分の居場所を見つけたのだ。

本当は、百合亜は苦しんでいる。

「高三のとき、冴子さんに赤ちゃんができたんだ。それであたしは家を出て、新聞奨学生として住み込みで働きながら学校に行ってるってわけ。パパは援助してくれるって言うけど、パパが稼いだお金は、冴子さんや赤ちゃんのために使ってほしいから」

着替え終えた百合亜が、カーテンの陰から出てきた。その顔は今にも泣き出してしまいそうだった。

今度は白いナース服を着ている。ワンピースタイプなので躰のラインがくっきりとして、豊かな双乳が見事に浮かび上がって見えた。

「何も家を出なくても……」

「あたし……だめなんだよね。冴子さんのこと、母親と認められないんだ」

「無理してお母さんのこと、忘れなくたっていいんじゃないですか？　冴子さんのこと、お義母《かあ》さんとしてじゃなくて、お父さんの奥さんとして、受け入れて……僕、よくわかんないですけど、そういうのも、家族なんじゃないかって思うんです」

百合亜が目を潤ませながらも、にっこりと微笑んだ。

「健太君……」

「す、すみません。生意気なことを言って」

「ううん。そんなことない。嬉しいよ。健太君が本気で心配してくれてるの、よくわかるから。なんか、少し元気が出た」

「百合亜さんは、やっぱり笑顔のほうが可愛いです。僕も百合亜さんが元気になってくれて嬉しいです」

百合亜が満面の笑顔で健太を見つめる。

「ふふふっ、ありがとう。でもね……健太君も、すっかり元気になっちゃってるよ」

百合亜が健太の股間を差した。ズボンの股間は、さっきよりも大きく盛り上がっていた。

「えーと、これはですね……」

「健太君って、正直ね。ナースが好きなんでしょ？」

「は、はい……」

冷や汗を掻きながら小さくなっている健太の足元に、百合亜が跪《ひざまず》いた。チノパンに手を掛けると、ボクサーパンツと一緒に再び一気に膝まで下げる。ブルンと勢いよく、勃起したペニスが飛び出した。

「これじゃ撮影が続けられないだろうから、もう一回抜いてあげるね」

「面目《めんぼく》ないです……」

「はい。それじゃあ、治療を開始しまーす」

「ああぁっ……あうううっ……はふううう……」

その夜。百合亜のファッションショーの間に、健太は合計三回もフェラチオで抜いてもらうことになった。

第三章　フロのビーナス

1

梅雨空《つゆぞら》に、公園の紫陽花《あじさい》がとてもよく映えている。

雨の日が続くのは新聞配達員にとっては嫌なことだったが、健太はすっかり毎日の配達に慣れ、仕事にも生活にもゆとりができていた。

配達だけではない。購読料の集金も、新聞奨学生の大切な仕事だ。

町工場に集金に行くと、油まみれのツナギを着た社長が出てくる。爪の間にオイルが詰まった指でお金を数えながら、健太に次々と仕事の愚痴《ぐち》を言った。

それでも社長の顔はいつだって笑顔だった。

健太のことを苦学生だと思って、お茶や団子《だんご》を出してくれる。まるで子供か孫のように、躰《からだ》のことも心配してくれた。

夕刊の配達だってそうだ。

肉屋に行くと、形が崩れたからと言って、揚げたてのコロッケをくれた。パン屋では、売れ残りのカレーパンを持って行けと言われた。

下町は健太が持っていた東京のイメージとはだいぶ違った。ここでは人と人の距離がすごく近いのだ。

健太にとって勉強の場は大学だけではない。新聞配達を通して下町の住人たちと親交を深めていくことも、とても大切な経験になっていた。

そんな下町で住人たちの社交場になっているのが、昔ながらの銭湯だった。

ある日の夜。

夕刊を配り終えたばかりの健太は、一号室の早瀬拓造に誘われて、近所の商店街にある富士の湯に来ていた。

専売所が借りているマンションのユニットバスはかなり狭いので、配達員たちは日頃の疲れをとるために、よく銭湯に通っているのだそうだ。健太は今まで部屋のバスを使っていたので、富士の湯に来たのはこれが初めてだった。

古びた暖簾《のれん》をくぐると、男湯と書かれた引き戸を開ける。すぐに番台があり、若い女性が座っていた。

二十代の半ばくらいだろうか。いくら湯気で曇る風呂屋とはいえ、まったくのノーメイクの顔に黒縁のシンプルな眼鏡。ストレートの黒髪は、無造作に黒いヘアゴムで一つに束ねられていた。

華やかな飾り気などまったくない。

それでもノーブルな香りのする整った顔立ちは、誰もが一度見たら決して忘れないほど美しかった。

端整な横顔は、まるで美術館の彫刻のように洗練されている。まさに風呂屋の番台に静かに座った、ビーナスだ。

「いらっしゃいませ」

ところがその声は、驚くほどにとげとげしくて愛想がない。いや、むしろ不機嫌そうにさえ聞こえる。手にした文庫本に目を落としたまま、まったくの無表情。顔を上げることさえなかった。

とても客商売とは思えない対応だ。

「委員長、こんばんは」

拓造はそんなことにも慣れている様子で、まったく意に介さずに代金の小銭をカウンターに置くと、中に入っていく。

「早瀬さん。その委員長って呼び方、やめてくださいって言ったじゃないですか」

　女性がむっとした表情で顔を上げた。細く美しい眉が逆八の字に吊り上がっている。今にも舌打ちでもしそうな勢いだ。

「まあ、いいじゃん。気にしない、気にしない。俺の中じゃ、静香《しずか》さんのイメージは委員長なんだからさ」

　どうやら拓造が勝手なあだ名をつけているようだ。

　健太は申し訳なさそうにお辞儀をすると、続いて中に入った。女性は鋭い目つきで拓造を睨《にら》んだ後、やがて興味を失ったように、再び文庫本に目を落とした。

「健太、どう思う？」

「え？」

「俺のつけたあだ名、なかなかだと思うだろ」

「ま、まあ……」

「高倉《たかくら》静香っていって、ここの一人娘なんだ。親父さんが腰を悪くして、最近はほとんど彼女が番台に座ってる。まあ、素《す》はけっこうな美人なんだから、もうちょっと化粧でもして笑顔になれば、良い看板娘になるんだけどな」

　拓造が溜息をつく。彼なりに心配しているのかもしれない。

健太はあらためて富士の湯の内部を見渡した。古くて小さな風呂屋だった。天井も壁も年季が入っている。

脱衣所の壁の三方に更衣ロッカーがあった。あとは牛乳の冷蔵ケースと古びた体重計だけ。電動マッサージ椅子さえない。

(たしかにこれじゃ流行《はや》らないかな)

あちこちを見回している健太にかまわず、拓造はどんどんと服を脱いでいった。

拓造の股間を見て、そのイチモツが意外なほど巨根なのに驚く。カリが広がっていて、亀頭が大きい。だらりと垂れているが、まるで大きなヘチマのような存在感があった。

健太も慌てて服を脱ぎ始める。しかし、ボクサーパンツに手を掛けたところで、手を止めてしまった。何か感じるものがあったのだ。

ゆっくり振り返ると、番台に座っていた静香と目が合ってしまった。静香は慌てたように、すぐに文庫本に目を落とした。

「委員長、石鹼《せっけん》売ってくれない?」

拓造が全裸のまま、番台の静香の前に立つ。股間をタオルで隠すこともせず、堂々と仁王立ちだ。ぶらんぶらんとペニスが揺れている。

静香はズレた眼鏡を指で持ち上げながら、不愛想に石鹸をカウンターに置いた。視線は文庫本から離さない。いや、離さないように見せているが、ちらちらと拓造の股間を気にしている。

「委員長、お釣り、忘れてるよ」

「えっ？　あっ、はい……」

静香がぽっと項《うなじ》を赤らめ、慌てて拓造に釣り銭を渡した。そのうちの一枚が拓造の手からこぼれ、ころころと床を転がった。

「もう、委員長。どこ見てんだよー」

拓造が笑いながら、転がった十円玉を追いかけた。それが健太の足元で止まった。

ちょうど全裸になっていた健太は、十円玉を拾いながら何気なく顔を上げる。静香がこっちを見ていた。静香の視線は健太の股間に向かっている。炎のように熱い視線だった。

「ええっ？」

慌ててタオルで剝き出しのペニスを隠した。静香が真っ赤になって視線を逸らす。

（静香さん、どこ見てるんだろう……）

美しい静香の視線。なんとも言えない甘い感覚が、健太の躰の中を走る。

健太は拓造に十円玉を渡すと、そそくさと洗い場に向かった。

2

一カ月後。

夕暮れどきの商店街に、祭囃子《まつりばやし》が鳴り響いていた。

毎年七月の第一日曜日は、商店会主催の縁日だ。

わずか二十軒ほどだが、金魚掬《すく》いや綿菓子などの屋台も並ぶ。もちろん主役は法被《はっぴ》や浴衣《ゆかた》を着た商店主たちで、店先で特売品を売りながらも交代で屋台を切り盛りしていた。

商店会によるお客様感謝のイベントなのだ。

健太も冷やかし気分で、のんびりと商店街を歩いていた。すると前から浴衣を着た美しい女性が歩いてきた。

（綺麗な人だなぁ……）

健太が見惚《みと》れていると、その女性が立ち止まった。

「森口君、こんばんは」

白地に紫の菖蒲《しょうぶ》を染め抜いた浴衣で、艶《あで》やかに佇《たたず》む色白美人が、健太に向かって微笑んでいた。

（こんな綺麗な人、知り合いにいたっけ？）

首を傾《かし》げていると、美女の笑顔がしかめっ面《つら》に変わった。

「あっ、委員長！」

眼鏡もかけておらず、ほんのりと薄化粧をしていたので気がつかなかったのだが、富士の湯の高倉静香だった。

「もう、そのあだ名、やめてほしいんだけど」

静香が苦笑いしながら、健太を見つめる。健太はドギマギしてしまった。

静香には、何回か銭湯で全裸姿を見られていた。銭湯なのだから当たり前と言えば当たり前なのだが、自分だけが一方的に裸を見られている相手に、外で普通に会うのは、なんだか無性に照れ臭かった。

おまけに静香がいつもと違った女らしい装《よそお》いなのが、なんとも変な感じなのだ。

「す、すみません。つい、イメージで……」

「つっけんどんで冷たい、クラス委員長のイメージってこと？」

「あっ、いえっ、そんな……」

図星だった。言葉に詰まる。冷や汗を掻きながらも、笑顔を取り繕《つくろ》った。

怒られるかと思ったのだ。しかし、静香は浴衣を着ていることによって気持ちが高揚しているからなのか、いつものような厳しさはない。

「もう、二十七よ。委員長って歳じゃないわ」

再び静香が微笑む。なんだか不思議な感じだ。富士の湯の番台では、笑っている静香を見たことがなかった。

アップにした髪の解《ほつ》れ毛を指で弄《いじ》りながら、照れたようにはにかんでいる。

（こんな静香さん、初めて見た。なんか、いいな）

「私、実際に中学から高校まで、委員長やってたのよね。まじめな子だと思われてたから。……ほんとは、そんなんじゃないのにね」

「本当は、どんな女性なんですか？」

思わず聞いてしまった。静香が動揺したように視線を泳がせ、俯《うつむ》いてしまう。

初めて富士の湯に行ったときの静香の様子が思い出された。

怖いくらいに厳しい顔だった。だけどもしかしたら、心の内を見せまいと必死だっただけなのかもしれない。そんな気がしてきた。

「ちょっと一緒に来て」

不意に顔を上げた静香が、健太の手を取って歩き出した。静香の真剣な表情に気圧《けお》された健太は、なすがままについていく。

辿り着いたのは、商店街の裏にある小さな神社の境内《けいだい》だった。

すでに陽は暮れかけていた。

人っ子一人いない。遠くで祭囃子が聞こえる。周囲をケヤキや銀杏《いちょう》の木で囲まれているせいか、商店街の喧騒《けんそう》が嘘のように静かだった。

「静香さん。どうしたんですか？」

ずっと手を握って歩いていたことに、今さらながら気がついたようで、静香は慌てて手を離すと、恥ずかしそうに目を伏せた。

「森口君って、最近よく、うちのお風呂に来てくれるよね」

「なんか、富士の湯ののんびりした雰囲気が好きなんですよね」

「ありがとう。嬉しいわ」

静香が素直に喜びの感情を表して笑顔を向ける。普段の富士の湯の番台では見せない顔だった。

(いつもこんなふうに笑ってればいいのに)

「笑った顔、素敵です」

健太は素直に思ったことを口にしてしまった。言ってから、そんな自分に驚く。浴衣姿の静香の醸《かも》し出す雰囲気が、そうさせたのかもしれない。

静香が笑顔のまま、こくりと小さく頷いた。

「私ね、中学校の頃、クラスの男の子たちからイジメにあったことがあるんだ。商店街の子も多かったんだけど、私の家は銭湯でしょう。『裸屋』って、からかわれたの。家が裸屋だからお前も裸が好きなエロ女だって言われた」

「ひどいな……」

「ううん。ひどくないの。だって、本当のことだから。私はずっと真面目《まじめ》な優等生を演じて、男の人の裸になんて興味ないって顔してきたけど、本当の私は違うの。男の人の裸が見たくてしかたないし、自分の恥ずかしいところだって見せたいって思ってた。いつもいやらしいことばかり考えている変態女なの。驚いたでしょ。軽蔑した?」

健太は拓造から借りた心理学の本、『心理学的コンプレックス』に書かれていたことを思い出した。

「驚いたけど、軽蔑なんてしません。それってスペクタキュラコンプレックスって言って、多くの人が深層心理に持っている当たり前の感情なんです。裸を見せることで異性に愛されたいとか、裸を見ることで異性を愛したいっていう願望の表れだそうですよ」

中学生の頃のイジメが、引き金になったのかもしれない。しかし美しい静香が、自分の姿を異性の目に晒《さら》したいと思うのは、決して異常などではない。

それなのに静香は、ずっと悩み、苦しんできたのだ。その結果、殻《から》に閉じ籠もってしまった。

化粧をしないのも男性に笑顔を向けないのも、自分の姿を見せたいという願望の裏返しなのだ。本当はむしろ、女の子らしい純粋な感情なのに。

「裸屋の何がいけないんですか！　躰も心も裸になれる、そんな場所があるからこそ、みんな、明日も頑張ろうって思えるんじゃないんですか？　銭湯って、躰の垢《あか》だけじゃなくて、心の垢も落とせる場所なんです」

「森口君……」

無我夢中でしゃべっていた。

「それに僕だって、あなたの裸ならすごく見たいと思います！」

（えっ、何を言ってるんだ？）

自分で自分が言っていることが信じられない。でも言ったことには一つも嘘はなかった。心からの言葉だった。

健太の言葉に、静香がはっとしたように顔を上げた。

「ほんとに……見たいと思う？」

「も、もちろんです……」

静香が健太を見つめる。その目の下はほんのり紅《あか》く、色づいていた。

「じゃあ……恥ずかしいところも、見てもらおうかな？」

「えっ？」

静香の目は真剣そのものだった。

「森口君になら、私も見てほしい……」

勇気を奮《ふる》って言ったのだろう。吐く息まで熱を帯びたような言葉だった。

沈む夕日を浴びて、静香の色白の顔がほんのりと赤く染まって見えた。

（静香さん、なんて可愛いんだ）

健太はごくりと唾を呑み込んだ。

「僕……見たいです」

「ああっ、どうしよう。恥ずかしい……」

健太の視線から逃れるように横を向いた静香が、両手で浴衣の裾を摑む。そのままゆっくりと広げていった。

「し、静香さん……」

神社の境内から、音が消えた。まるで時間までもが止まったような気がした。聞こえるのは、自分自身の高鳴る胸の鼓動だけだ。

白粉《おしろい》を塗ったように真っ白な太腿が露《あら》わになる。細くまっすぐな脚のあまりの美しさに、瞬《まばた》きするのさえ忘れて、食い入るように見つめた。

「あああっ……そんなに見つめたら、恥ずかしい……」

表情だけではない。静香は声までいつもと変わっていた。ツンと澄《す》ました冷たい静香とは、まるで別人のようにしっとりして穏やかな声だった。

静香はいやいやをするように、顔を左右に何度も振る。それなのに浴衣の裾を持ち上げていく手を止めることはしなかった。滑らかな太腿が、どんどんと姿を現していく。

「あんっ、恥ずかしい……」

声にさらに色が籠もる。

「ごめんなさい」

健太はどうしていいのかわからず、思わず意味なく謝ってしまった。

「ううん。いいの。もっと見て……」

「はい。見ます。見るなって言われても、絶対に見ちゃいます」

「やんっ……森口君ったら……」

静香の手がさらに上がっていく。太腿の付け根まで見えた。その瞬間、健太はあまりの驚きに、思わず声を上げてしまった。

「ええっ！」

静香は、下着を着けていなかった。

剝き出しになった股間には、濡れたように輝く漆黒の陰毛が、柔らかに生い茂っていた。空気に触れた薄い恥毛は、震えているように見えた。

「ど、どうして……パンティを穿《は》いてないんですか？」

「あんっ……どうしてって……着物のときには下着は穿かないのが作法《さほう》なの」

「そうなんですか」

(なんて素晴らしい作法なんだろう。日本の伝統にバンザイだ)

健太は我慢できなくなって、静香の足元に跪《ひざまず》いてしまった。

「ああっ……そんな……恥ずかしい」

「だって、もっとよく見たいんです」

境内の石畳《いしだたみ》の冷たさが膝に伝わってきたが、そんなことに構ってはいられない。静香の太腿を両手で摑むと、神秘の花園に顔を寄せて凝視《ぎょうし》した。

「ああっ……ねえ、見える？」

「まだ、よくは見えません」

「どうしたら、いい？」

「足を開いてください」

「あんっ……そんなこと、恥ずかしくて、できない……」

できないと言いながら、静香は両足を肩幅くらいに広げてくれた。

「こ、これで……いい？」

「まだです。大事なところを、指で広げないとだめかも」

「はぁん……そんな……指で広げるなんて……そんなの困る……」

言葉とは裏腹に、静香は股間を健太の顔のほうにぐいっと突き出してくる。

むっとした若草の芽《め》吹《ぶ》くような濃い匂いがした。咽《むせ》るほど濃密なその匂いを胸いっぱいに吸い込もうと、健太はさらに顔を寄せた。

目の前の静香の性器に手を伸ばし、ローズピンクに色づく肉厚の花びらを摘まむ。ゆっくりと広げた。どろっとした粘液が滲み出てくる。

「すごい濡れてます。どんどん白い液が溢れてくる」

「ああっ……言わないで……」

女性との性体験は、まだ保奈美との一回しかない。いや、百合亜にフェラチオしてもらったことを数に入れれば、一・五回というところか。

思わぬ展開で静香の秘園を見ることになったが、ここから先はどうしていいのかわからない。

気がつくと、目の前の性器にくちづけていた。もう、無我夢中だった。秘裂に舌を差し込み、柔肉の中に広がる淫襞《いんへき》を必死に舐めしゃぶった。

舐めたかった。そして、舐めてあげたかった。心の底から、静香の恥部を舐めたいと思った。

「あああああっ！」

上半身を激しく仰け反らせながらも、静香は決して嫌がるそぶりはみせず、むしろぐいぐいとさらに陰部を突き出してきた。

（きっと、気持ちが通じたんだ）

舌で舐め上げるたびに、体温よりはるかに熱い粘液がどくどくと溢れ出す。口中にいっぱいに広がる淫蜜を、味わいながら飲み干した。

べろんべろんと舐め回しているうちに、舌がぷくっと膨らんだ肉の蕾《つぼみ》に触れた。

「ひっ！」

静香の躰が跳ねる。

それが女性の最も感じるところだとすぐにわかった。クリトリスに攻撃を集中する。

舌先で優しくつんつんと刺激したかと思えば、次の瞬間には強烈にじゅるじゅると吸引した。それから充血して膨らんだ肉芽《にくが》を味わうように、舌の腹全体でべちゃべちゃと舐め上げた。

「んふううううう……あうっ……だめっ……いやっ……あぁっ……」

静香の口から出る言葉は、すでにほとんど意味を成していない。脚を踏ん張りながら、健太の頭を両手で摑んで股間にぐいぐいと押しつけてきた。

健太は口の中に溢れた甘美な肉汁を啜りながら、はちきれそうに膨らんだ淫核に歯を当てる。

「ひいいっ！　イクッ！　イッちゃう、もう、イクッ……イクぅぅぅ……」

健太の頭を抱え込むようにして、静香はびくんっびくんっと全身を痙攣させた。

3

「今度は……きみのも……見たい……」

まだ少し呼吸が乱れたままの静香が、健太を見つめながら言った。

「えっ？　僕のも見せるんですか？」

「だめ……かな？」

「だって、恥ずかしいし……」

「森口君の裸なら、何度も見てるんだよ」

静香が羞恥に頬を染めながらも、悪戯《いたずら》っぽい笑顔で言った。

「それとこれとは違いますよ」

銭湯で裸になるときとは、まったく状況が違う。静香の性器を見たことで、今の健太のペニスはぎんぎんに勃起してしまっているのだ。

しかもここは神社の境内。つまりは野外だ。

高ぶり合った男女が野外で淫らな行為に及んでしまうことは、もちろん知識としては知っていた。しかし、もちろん健太にはそんな経験はなかった。

「私のだけ見ておいて、ずるいよ」

静香が健太の腕を摑む。その瞳は妖《あや》しく揺れていた。パールピンクのルージュが引かれた唇が、濡れて光っている。

健太は、ごくりと生唾を呑み込んだ。

「わ、わかりました。見せます」

もうどうにでもなれ、という気分で、ズボンとボクサーパンツを一気に膝まで下げた。

ぶるんっと熱く漲《みなぎ》った肉塔が、勢い良く飛び出す。下腹を打つほどに、びんびんに勃起していた。

「あんっ！　何これ。いつもと全然違う……」

静香は無意識に開いてしまった口を、慌てて両手で塞《ふさ》いでいる。

（もう、だから違うって言ったじゃないか）

健太はあまりの恥ずかしさに、股間を隠したくなる。

「ああっ……すごいわ……」

静香の瞳が、爛々《らんらん》と輝く。

「ほんとに見てもいいんだよね。私、変じゃないんだよね」

健太に聞くというより、自分自身に言い聞かせるように、静香が言った。

(そうだ。僕が恥ずかしがってちゃだめだ。これは静香さんのコンプレックスを解消するためのカウンセリングみたいなものなんだから)

健太は覚悟を決めた。

「静香さん、もっともっといっぱい見てください」

健太は胸を張った。脈動する肉砲をしっかりと右手で握り締めると、ゆっくり上下に扱《しご》きながら、静香に歩み寄った。

「ああんっ、どんどん大きくなってる……」

静香にしてみれば、健太の裸体など見慣れたもののはずだったのだろう。しかし、目の前のペニスは想像を絶するほどに淫らに変貌していた。

充血により色はどどめ色に変色し、蚯蚓《みみず》のような太い血管が幾重にも浮き上がっている。先端の尿道口からはねっとりと糸を引くように、透明の分泌液が滴《したた》り落ちていた。淫欲に漲り、今にもはち切れそうなほどだ。

自分で見たいと言ったにもかかわらず、いざ勃起した淫肉を目の当たりにして、その淫らさに怖気《おじけ》づいてしまったようだ。

健太にしても、不思議な感覚だった。

（ああっ……風が、当たる）

幼少の頃の立ち小便を除けば、野外で性器を露出したことなどない。だいぶ日が暮れてきているとはいえ、いつ誰が来るかもわからない場所で、淫欲に充血したペニスを露《あら》わにしていることに、思考回路が麻痺《まひ》し始める。

異常なほど勃起した灼熱の肉幹に、夕暮れどきの湿った風が触れる。

（すごい……なんだか、すごい興奮する）

自分でも目が血走っていくのがわかる。息が荒くなる。握ったペニスがどんどん熱を持っていく。

「あああっ、静香さん……もっと見てください……」

健太は熱い眼差しを送る。静香が後退《あとじさ》っていった。背後にあった大きな銀杏の木に背中が当たり、それ以上は下がれなくなる。

「あんっ……」

「ほら、もっと近くで見てくださいよ」

ペニスを激しく扱きながら、一歩また一歩と、静香との間合いを詰めていった。今はもう、見せたくてしかたがない。

静香がごくりと生唾を呑み込んだ。一秒たりとも健太の股間から目を離さない。いや、離すことができないのだ。

「ああっ……森口君、すごい大きい。私のこと見て、こんなにびんびんにしてるのね……」

静香は浴衣の裾を再び掴むと、胸のあたりまで持ち上げた。その目も異常に潤んでいる。健太のクンニリングスによってほころんだ淫裂が、空気に触れた。

「私の恥ずかしいところも、もっと見て……」

「見てます……いっぱい見てます……」

「ああっ……嬉しい」

「静香さんの……お尻も見たいです」

静香が潤んだ瞳を真っ直ぐに向けた。

「ああっ……そんな……お尻なんて、恥ずかしすぎる……」

言葉と裏腹に、くるりと振り返った静香は、銀杏の木に手をつくと、健太に向かって大きく尻を突き出すように上体を屈《かが》めた。両足を肩幅より広く開き、浴衣の裾をぺろんっと捲る。

あの「委員長」が、今は言うことをなんでも素直に聞いてくれる。嘘のようだった。

（本当に、これが静香さんなの？）

経験の少ない健太には、静香の変貌が信じられなかった。しかし、目の前の静香は、間違いなく健太の言うとおりに、自らの手で秘所を露わにしていた。

「静香さん……すごいです……」

つきたての餅《もち》のようなぷりんっと真っ白な尻が、目の前に露わになる。

鳶色《とびいろ》の陰門と朱鷺《とき》色《いろ》の陽門が、縦に一列に並んでいた。グラデーションが息を呑むほどに美しい。静香の緊張を伝えるように、両門は連動しながら、ひくひくと蠢《うごめ》いていた。

「ああっ……見られてる。静香のいやらしいところ、全部見られちゃってる」

「いやらしくなんかないです。お尻の穴もおま○この穴も、どっちもすごい綺麗です」

「嘘よ。絶対にいやらしいに決まってる」

静香は今にも泣き出しそうに声を震わせていた。

それも健太の興奮を高めることに繋がる。気がつくと静香の双臀《そうでん》に、指を深く食い込ませていた。

「あううううっ！」

静香が背中を仰け反らせて、声をわななかせた。

女性の陰花を、こんなに近くでまざまざと見たのは、初めてだった。

「ほんとにすごい綺麗です」

「ほんとに？」

「ほんとです。綺麗だから、見たいんです」

「見たいだけ？」

静香が尻を突き上げたまま、顔だけ振り向いた。虚《うつ》ろな目で健太を見つめる。

ぞくっとするほど、綺麗だった。

「綺麗だから、感じたい……」

「静香のこと、感じて……」

静香の手が伸びてきて、健太のペニスを優しく摑んだ。亀頭が濡れた性器に宛《あて》がわれる。静香がゆっくりと尻を突き出してくる。

「くふううううう……静香さん。あふううう……」

まるで食虫植物に喰われていくみたいだった。大きく口を開けた食虫花が、肉幹を呑み込んでいく。

沸騰《ふっとう》した女肉が、絡みついてきた。火傷《やけど》しそうなくらい熱い。

何十枚もの舌が絡みついてくるような、たまらない感触だ。

思いっきり突き上げた。ずんっと奥までいった瞬間、肉襞がきゅきゅっと締めつけてきた。それが気持ち良くて、がんがんとピストン運動をする。

「あんっ。あんっ。あんっ。あうううううっ……健太君、大《お》っきいわ……」

静香と目が合った。とろんとした目は、ほとんど焦点が合っていない。両手で銀杏の木にしがみついたまま、静香も尻を振り始める。

一瞬、保奈美との初体験が脳裏をよぎる。同じ女性でも保奈美と静香の性器は味わいがまったく違うのだ。

保奈美の秘穴が弾力たっぷりのコンニャクゼリーなら、静香のはまるでイソギンチャクだった。粟立《あわだ》つ繊毛がペニスを絡め取るように、奥へ奥へと引きずり込んでいくようだ。

「静香さん……くふううっ……静香さんのおま○こ、すごく気持ち良い……」

「あああっ、おちんちんが、奥にがんがん当ってる……」

（ほんとにこれが、いつも番台でしかめっ面《つら》をしている静香さんなの？）

一心不乱に真っ白な尻を振りながら淫欲を貪《むさぼ》っている目の前の美女と、毎日番台に座っている富士の湯の静香が、とても同一人物とは思えない。

「おっぱいが触りたいです」

普段の静香にはとても言えないことだが、今だったらなんでも聞いてくれそうだった。

「静香のおっぱいも触るのね。森口君のエッチ……」

振り向いた静香の目が妖しく揺れている。

（……なんて、いやらしい目で僕を見るんだ）

背後から静香の躰に覆い被さると、浴衣の合わせ目を大きく開いた。パンティは穿いていなかったが、想像どおり、ブラジャーもしていない。

両手を前に伸ばすと、柔らかな双乳を手のひらで包み込んだ。

「はううううっ……」

すごい興奮だった。浴衣姿の美女を立ちバックで背後から犯しながら、まわした手でおっぱいを揉んでいる。

あまりの気持ち良さに、すでに射精感が何度も押し寄せてきていた。それでも一秒でも長く快感を味わいたくて、必死になって肛門を引き締める。

「静香さんのおっぱい、左のほうが大きいですね」

少しでも気を紛《まぎ》らわせようと、静香に話しかけた。

「あああっ……そんな恥ずかしいこと、言わないで……」

「だってほら、こんなに違いますよ」

手のひらに収まる小ぶりの双乳を、大きさ比べをするみたいに、交互にぎゅぎゅっと握り潰した。

「あああああんっ……んくんくんく……」

静香が背中を仰け反らせる。そのたびに肉園がぎゅっとなって、健太のペニスが千切れそうなほど締めつけられた。

「はううう……高校で……テニス部だったから……」

「普通は、ラケットを振るほうが大きくなるんでしょ？」

「私……左利きなの……あああっ……もういいでしょ……もっと、突いて！」

「あうううう……静香さん！　ううっ……」

ぱんぱんと大きな音を境内に響かせながら、静香の滑らかな尻肉を打ちつける。そのたびに神経を引き千切られるほどの強烈な快楽が、ペニスの奥底を走り抜けた。

気持ち良すぎて、性器が腐ってしまうのではないかと心配になるくらいだった。いや、むしろ腐り落ちてもいいとさえ思える。

「あううううんっ……いいっ！　すごいっ……はうううっ……」

静香もよほど気持ち良いのか、細い躰を痙攣させながら、淫らな声を上げ続ける。秘園から溢れ出る大量の潤みは、健太の陰嚢を伝わり、太腿まで濡らすほどだった。

「そんな大きな声を上げたら、人が来ちゃいますよ。見られてもいいんですか？」

「あああああっ……だって……気持ち良すぎて……ああっ……我慢できない」

「くふうっ……見つかっちゃっても……ううっ……いいんですか？」

「はううううっ……いやっ……だめっ……恥ずかしい……でも、やめないで！」

野外で浴衣の尻を捲《まく》っている美女とセックスしている。いつ人が来てもおかしくない状況だ。

（ああっ、恥ずかしいけど、気持ち良くてやめられないよ。もう、見られちゃってもかまわない）

自分でも自分の気持ちが信じられなかった。

セックスをしているところを他人に見られてしまうかもしれない。そんな異常な状況でも興奮できる自分が不思議だった。

いや、むしろそんな状況だからこそ、興奮するのかもしれない。あまりにも静香とのセックスが気持ち良くて、脳が麻痺《まひ》してしまったようだ。

「あああんっ、すごいっ……いいっ……たまんない！」

静香の白い尻が激しく揺れる。

下腹部に爆発の予感が広がった。もっと感じていたくて必死に括約筋《かつやくきん》を引き締めるが、静香が激しく尻を振るので、とても耐えられそうになかった。

「あううっ……静香さん……僕、もう……出ちゃうよ……」

銀杏の木に両手を付いて尻を高く突き出したまま、静香が振り返る。快楽に虚ろになった目で、健太を見つめた。

「あああっ……出して。静香の中に、いっぱい熱いのを出して」

（うううっ、静香さん。なんてエロいんだ。ああっ、もうだめだ）

静香の腰をしっかりと掴むと、ずんっと、思いっきり奥まで肉槍を突き刺した。

「あああっ……出るっ！　出るっ！　出るぅぅぅ！」

どくどくと精液がペニスの中を駆け抜ける。

「くううううっ……イクッ……イクッ……はうっ……」

健太の灼熱の迸《ほとばし》りを子宮にたっぷりと浴びせられ、静香も全身を激しく痙攣させながら絶頂を迎えた。

4

翌日の月曜日。

健太は夕食を終えると、拓造と連れ立って富士の湯に行った。

本当は静香と顔を合わせづらくて、あまり気のりしなかったのだが、拓造に部屋まで誘いに来られ、断る理由も見つからずに来てしまった。

「いらっしゃいませ！」

明るく元気な声に迎えられ、健太と拓造は驚いて顔を見合わせる。番台に座った静香が、満面の笑みを浮かべていた。

「い、委員長？　どうしたの？」

あんぐりと口を開けたままの拓造が声をかける。それもそのはずだ。見慣れたいつもの静香とは全然違う。

「うん、イメチェンに、ちょっと髪を染めてみたの」

「い、いや、そういうことじゃなくて……」

確かにいつもはヘアゴムで無造作に束ねただけだった黒髪が、明るいライトブラウンに染められ、緩《ゆる》やかに内巻きのカールまでして、肩の上で揺れていた。しかし、変化はそれどころではなかった。

胸元に可愛らしいレースをあしらった爽やかなレモンイエローのキャミソールを着こなし、それに合わせるようにグロスを重ねたピンクのルージュなどのメイクまでばっちり決めていた。

それにもまして、今まで一度だって見たことがないような、こぼれるような笑顔が輝いていた。

まるで、別人のようだ。

「ふふふっ……二人ともいったいどうしたの？　まるで鳩が豆鉄砲でも喰らったような顔してるわよ」

拓造が目をまん丸くしたまま、立ち竦《すく》んでいる。

「だ、だって……化粧してるし……」

「やあね。私だって女ですから、お化粧くらいします」

「眼鏡してないし……」

「湯気《ゆげ》で曇るから、コンタクトにしたの」

「笑ってるし……」

「そりゃ、誰だって笑うことくらいあるでしょ」

「そ、そりゃそうだけど……」

「はいはい。つまんないこと言ってないで、さっさと裸になってお風呂に入んなさい！」

健太と拓造は脱衣場で服を脱ぐと、洗い場へ行って躰を洗う。

湯船に浸かると、常連の年寄りたちが、大騒ぎをしていた。

「いったい何が起こったんだ」

「まさか、静香ちゃんに恋人でもできたんだろうか」

「これで親父さんも安心して、腰の怪我《けが》の療養ができるなぁ」

「人間、長生きはするもんじゃのぉ。まさかこんな静香ちゃんが見られるとはな」

乾物屋《かんぶつや》の隠居の爺《じい》さんなど、目に涙さえ浮かべている始末だ。

健太には思い当たることがないわけでもない。もっとも人に言えることではなかったので黙っていた。

健太と拓造はその輪の中でしばらく話したあと、一緒に湯から上がった。脱衣場に戻って、躰をタオルで拭《ふ》く。

そこへ静香が番台から降りてきた。デニムのショートパンツから真っ直ぐに伸びた脚が眩しい。

健太も拓造も、まだ全裸だった。しかし、静香は気にする様子もなく、ニコニコと微笑みながら、二人のところへとやってきた。

拓造が静香の前に立つ。

「委員長。ショートパンツ、とっても似合ってるよ」

「なーんか、目がエロいですよ」

「そ、そんなことないよ。俺は純粋な気持ちで、委員長の生足を褒めてるんだ」

「純粋ねえ……」

「それよりさあ、今度一緒に呑みに行かない？」

「えー、早瀬さん、下心ありそうだから、危くて……」

「下心なんてないよ」

「どーだか。おちんちん、勃ってますよ」

「えっ？」

拓造が慌てて股間をタオルで隠す。

「嘘でーす」

「なんだよー、もう」

静香がお腹を抱えて笑っている。

「はい、森口君。これ、サービスね」

静香が瓶入りのフルーツ牛乳を、健太に手渡す。拓造が不満そうな顔をする。

「あっ、いいな。なんで健太だけなんだよ」

「これは、お礼なの」

「なんのお礼さ」

訝《いぶか》しげに見る拓造。

「それは、ひ・み・つ」

静香の屈託《くつたく》のない笑顔に釣られるように、富士の湯の客たちも笑っている。誰もがみんな、とても楽しそうだ。

健太もみんなと一緒に笑った。

第四章　美姉妹人形

1

自己嫌悪だった。

富士の湯から戻ってきた健太は、自分の部屋のベッドの上で、天井を見上げていた。

静香が笑顔を見せるようになって、富士の湯が活気を取り戻したのは悪いことではない。健太の新聞配達のお客様である町工場や商店街の人たちも、すごく喜んでいた。

それでも、もやもやとした胸の内は晴れない。

(僕はこんなことをするために新聞奨学生になったんじゃないんだ)

なりゆきとはいえ、保奈美と初体験をしてしまい、百合亜にはフェラチオで三発も抜いてもらって、静香とは野外セックスまでしてしまった。

(僕が愛しているのは、麻衣子さんなんだ。いつの日か麻衣子さんを支えてあげられるような大人の男になるために、東京の大学に心理学の勉強をしに来たんだ。なのにいったい何をやってるんだよ。よし、心を入れ替えて勉強するぞ!)

健太はベッドから起き上がると、机に向かって、学校のテキストを広げた。

そのときだった。

「健太君、いるー?」

インターホンどころかノックさえなしに、綾部百合亜がいきなり部屋のドアを開けて入ってきた。

「うわっ! ど、どうしたんですか?」

「こんばんは。何してた?」

「何って……勉強しようと思ってたところです」

「とかなんとか言っちゃって、ほんとは一人寂しくオナニーでもしようと思ってたんじゃないの?」

百合亜が悪戯《いたずら》っぽい顔で笑っている。

「そ、そんなこと、思ってませんよ」

「オナニーばっかりしてないで、早いとこ、彼女でも作ったほうがいいよ」

麻衣子のことを思い出しながら反省していただけに、百合亜の言葉が胸に突き刺さる。

「もう、余計なお世話ですよ。ほっといてください。だいたい、なんで勝手に入ってくるんですか！」

「あら、鍵も掛けないでオナニーしようとしてる健太君がいけないんだよ。田舎《いなか》と違って東京は物騒なんだから、オナニーを覗《のぞ》かれたくないんだったら、鍵くらい掛けなさい」

オナニーという言葉を連発され、恥ずかしくてしかたがなかった。

百合亜とのコスプレファッションショーのときのことを、つい思い出してしまう。柔らかな唇や舌のいやらしい動きが蘇《よみがえ》る。

（いけない、いけない。心を入れ替えるんだった……）

慌てて頭を何度も振った。

「そ、そんなことより、百合亜さん、その格好はどうしたんですか？」

「ああ、これ？」

百合亜が自分の着ていた服を指差して、にっこりと微笑む。百合亜が着ていたのは、超ミニ丈《たけ》になっているミッドナイトブルーのチャイナドレスだった。

腰骨の上までスリットが入っていて、細く長い生足が大胆に露わになっている。滑らかなシルクの生地が躰にぴったりとフィットしていて、大きな乳房や括《くび》れた腰のラインがかなり煽情的《せんじょうてき》だ。

「どう？　なかなかセクシーでしょ？」

右手を後頭部に、左手を腰に当て、セクシーなポーズを決める。

「そういうことじゃなくて……」

「さっきね、隣の三号室の直人さんが、所長に言いつかったからって、明日からの追加配達先の順路カードを持ってきてくれたんだ」

順路カードというのは、配達員専用の記号を使って書かれた地図のようなものだ。配達顧客の変更は、これを使って引き継がれる。

「ま、まさか……その格好でドアを開けちゃったんじゃないでしょうね？」

「その……まさか、なんだよね」

百合亜がぺろりと舌を出した。

「なんで、開けちゃったんですか？」

「だってぇ……普通、宅配便とかなら一階のインターホンを使うでしょ？　五階まで上がって来てドアをノックする人なんて滅多にいないから、てっきり健太君かと思って開けちゃったのよ」

どうしてそこで自分の名前が出るのか理解できなかったが、今はそんなことが問題ではなかった。

「それで……直人さん、どうでした？」

「それがね、あたしのこと、じろじろといやらしそうな目で見るんだよ。もう、気持ち悪いったらありゃしない」

（そりゃあ、いきなりそんなミニスカートのチャイナドレスで出てこられたら、誰だってじろじろと見るよ。とくに直人さんはピグマリオンコンプレックス――人形偏愛症の傾向がありそうだから……ん？　待てよ……）

「百合亜さん。僕と一緒に来てください！」

「ちょ、ちょっと……なによ……」

「いいから！」

健太は百合亜の手を掴むと、スニーカーを引っ掻けて、ドアの外に出た。

「やんっ、オナニーしてた手で、あたしの手を握ってるぅ……」

「だから……オナニーなんて、してません」

「そうかぁ。これからするところだったんだもんね」

「違いますよ。今日はしませんよ」

「ということは、明日はするのね」

「知りません……」

向かったのは、佐川直人のいる三号室だった。

ドアをノックする。すぐに直人が顔を出した。

「健太君か……どうした？」

「すみません。ちょっと話があるんです。中に入れてもらってもいいですか？」

直人は健太の後ろに立っている百合亜を見て、顔をしかめた。明らかに嫌がっている。

直人は女性に酷い裏切られ方をしたのがきっかけで、女性不信になってしまったのだ。それが人形偏愛症の原因になっているのだろう。当然ながら、百合亜にも好意を持っているとは思えなかった。

それでも渋る直人を説き伏せ、なかば強引に部屋の中に上がり込んだ。百合亜が部屋の中をきょろきょろと見回している。

祈るような思いで百合亜の様子を見つめた。

「えっ？　何、これ？」

百合亜がソファに座っている等身大の人形を指差して、驚いた声を上げる。直人の顔色が変わる。

「お、俺の凜々子だよ」

凜々子は健太が初めて見たときと同じ、ブルーのイブニングドレスを着ていた。

「うわぁ。超、可愛い！　あたしとお揃いの色だね。なんだか、姉妹みたい」

百合亜が凜々子に駆け寄り、隣に座った。きゃっきゃと黄色い声を上げながら、凜々子の髪や腕に触れている。

もともと人形のように童顔で、躰も華奢《きやしや》な百合亜だ。同色の服を着て仲良く戯《たわむ》れる凜々子と百合亜は、まるで本当の美人姉妹が遊んでいるように見えた。

2

これは賭《か》けだった。

直人の人形偏愛を百合亜が嫌悪するか、それとも受け入れてくれるのか。どうやら賭けは、良いほうへ転んだようだ。

「直人さんはね、むかし、酷い裏切られ方をしたのがきっかけで、女の人のことが信じられなくなったそうなんです」

それを聞いた百合亜の笑顔が、みるみるうちに悲しげに曇っていった。

「それで仕事中でも、あたしやミズ姉《ねえ》には、ほとんど話しかけてこなかったのね。てっきりあたしたちのことが嫌いなのかと思って、百合亜、悲しかったんだ」

「ち、違うんだ。ただ……女性と親しくなるのが怖いっていうか……もう、裏切られたくないっていうか……だから、君たちのことが嫌いなわけじゃないんだ」

百合亜に笑顔が戻る。

「うん。直人さんのこと、信じるよ」

「えっ？　俺のこと、信じてくれるの？」

百合亜がこくりと頷《うなず》く。

「それで凜々子ちゃんと二人で暮らしてるのね」

百合亜の真剣なまなざしに、直人も心を開き始める。

「そ、そうなんだ……凜々子は俺を裏切ったりしないからね。百合亜ちゃん、わかってくれるの？」

「うん。凜々子ちゃん、とっても可愛いし……それに……」

「それに？」

「……百合亜だって、直人さんを裏切ったりしないよ」

「百合亜ちゃん……」

「百合亜が、凜々子お姉ちゃんの妹になってあげる」

人形のように愛くるしい瞳で、百合亜が直人を見上げる。声がアニメのキャラクターのようなハイトーンなのも、とても人形っぽかった。

「凜々子の妹に……」

「うん。凜々子お姉ちゃんと三人で、仲良く遊びましょう」

百合亜が立ち上がり、直人の首に両手を回して抱きついた。背の低い百合亜は、爪先立ちで背伸びをしている。

直人が驚いた顔をしている。しかしその目は、すぐに優しいものに変わった。

百合亜の飾りのない笑顔が、直人の凍りついた心を溶かしたのだ。

健太は、「みんなに幸せになってもらいたいから、あたしはアキバの街で踊るの」と言ったときの百合亜の笑顔を思い出した。百合亜のコスプレや秋葉原での地下アイドル活動は、メサイアコンプレックスが原因かもしれないと思っていた。

自分が不幸だという心理を抑圧《よくあつ》し、幸せだと信じ込もうとしている。自分が幸せであるということを、他人を必死に幸せにしようとすることで証明する。

それがメサイアコンプレックスの症状だ。

コスプレを見せるのも、地下アイドルになって路上パフォーマンスをするのも、みんなに幸せを分けてあげたいからなのだ。

百合亜は直人を幸せにしたいと思っている。それが直人にも伝わっているのだ。

直人が百合亜にくちづけする。最初は優しく唇を触れ合わせていたが、やがてだんだんと熱を帯びてきた。唇を開き、舌を絡め合う。

「んくくくくっ……」

小鳩のような可愛らしい声が、百合亜の喉《のど》から漏れる。直人の唾液を呑まされているようだ。

激しいディープキスに感じてきたのだろう。百合亜が立っているのも辛そうに、足をもじもじさせ始めた。

やがてストンッと落ちるように、直人の足元に跪いた。そのまま上目遣いで直人と見つめ合ったまま、ズボンのベルトに手を伸ばす。

健太は慌てて二人に声をかけた。

「あのう。お取り込み中になんですけど、僕はそろそろ失礼しますから……」

それを聞いた百合亜が、健太を振り返った。その瞳は熱病に冒《おか》されたように、焦点を失っている。

「そのまま……そこで見てていいよ」

「い、いや。さすがにそれはちょっと……」

「あたしたちがするのをオカズにして、さっきのオナニーの続きでもすれば？」

直人も健太に向き直る。

「なんだ。健太君、オナニーしてる途中だったのかい？　じゃあ遠慮なく、見ていきなよ」

「だから、違うって言ってるじゃないですか」

すっかり健太がオナニーをしようとしてたことになっていた。

（だいたいＡＶじゃあるまいし、他人のセックスなんて見てられるわけないじゃないか……）

「俺たちのこと、引き逢わせてくれたんだ。お礼みたいなもんさ。なあ、百合亜ちゃん」

「うん」

直人と百合亜はずっと見つめ合ったままだ。

(い、いや、そんなの無理だよ。おかしいよ。ありえないよ……)

立ち去らなければいけない。

それはわかっていたし、そうしたいと思ってもいた。それなのに、どうしても足が動かなかった。

健太は凍りついたように、直人と百合亜のそばで立ち竦《すく》んでしまった。

3

直人がジーパンとビキニパンツを脱ぐ。すでにペニスは激しく勃起していた。さすがに見ていけと言うだけのことはある。優男《やさおとこ》には似合わぬ、見事な巨根だった。

「やんっ……すっごい……」

百合亜が嬉しそうに、沸騰《ふっとう》した肉幹に頰ずりをする。そのまま根元を握り締めると、パクリと亀頭を呑み込んだ。

じゅるじゅると派手な音を立て、ペニスをしゃぶる。大きく首を振りながら、自分でパンティの中に手を入れ、性器を愛撫し始めた。

「うおおおおおおっ！」

直人が快楽の雄叫《おたけ》びを上げる。

百合亜のフェラチオの気持ち良さをすでによく知っている健太ではあったが、直人の凄まじい反応には、さすがに驚く。いつも青白い顔でぼそぼそとしゃべる直人が、獣《けもの》のように息を荒らげていた。

（す、すごい。二人ともすごいよ）

「んくうううううっ……」

興奮した直人が百合亜の髪を摑み、そのまま腰を深く突き入れた。百合亜がそれを受けとめる。

三十センチ近い剛棒が、なんと根元まですべて呑み込まれてしまった。

驚きだった。

小柄な体軀《たいく》に見合った小さな顔の百合亜だけに、目の前で見ている健太でさえ信じがたい光景だった。

「ああっ、百合亜ちゃん。すごいよ。全部、喰われちまった。気持ち良すぎるよ」

直人が涙目で唸《うな》りながら、ゆっくりと腰を振り始めた。すべて呑まれていたペニスが三分の二ほど姿を現す。

再び百合亜が、自分から唾液塗《まみ》れの肉塊を呑み込み始めた。瞬く間に、赤黒く充血したペニスのすべてが、可愛らしい口の中に呑み込まれた。

すごい光景だった。童貞を卒業したばかりで、まだ経験の浅い健太には刺激が強すぎる。

健太の足は、まるでコンクリートで固められてしまったかのように動かない。

気がつくと、ズボンの上から自分のペニスを握り締めていた。

勃起していた。

直人と目が合う。直人が健太に向かって、小さく頷いた。

(やっても……いいってことだよね?)

どきどきした。心臓が破裂しそうだ。

健太は恐る恐るジーパンのファスナーを下ろすと、熱く漲ったペニスを取り出した。しっかりと握り締め、ゆっくり上下に扱《しご》き始めた。

(ああっ……やっちゃったよ……)

自分でも自分のしていることが信じられない。

（す、すごいよ……ううっ……）

仕事の先輩二人が性行為をしているのを見ながら、ペニスを取り出してオナニーをしている。まるで変態のような行為だ。

しかし、今はそうすることが二人の愛に対する、自分なりの応援のような気もしてきた。

百合亜が首を激しく振る。ぴちゃぴちゃといやらしい音が部屋中に響く。そのリズムに共振《きょうしん》させるように、健太は自分のペニスを扱き上げた。

「くふうううっ……百合亜さん……あうううっ……直人さん……あうっ……」

先端から溢れ出るカウパー液で、握った指はぬるぬるになっていた。それが潤滑油になって、さらに快感が倍増した。

「うおおおっ……だめだっ……百合亜ちゃん！　出ちゃいそうだ……」

直人が呻《うめ》き声を上げると、百合亜がすぽんっとペニスを吐き出した。

「まだ、イっちゃだめ。イくときは、百合亜の中で出して」

百合亜が立ち上がり、直人の手を引いてソファの所へ行く。

直人が百合亜の躰に手を掛け、ソファに押し倒そうとした。百合亜がそれを手で制する。

「だめよ」

直人が驚いた顔をした。

「なんで？」

百合亜が妖《あや》しい笑みを直人に向ける。凜々子のイブニングドレスの中に手を入れると、マリンブルーのレースのパンティを脱がした。

「凜々子お姉ちゃんが先だよ。百合亜は後でいいから……」

その意味を理解した直人が、百合亜の頭を搔きよせ、唇に熱いキスをした。

百合亜と唇を合わせ、舌を絡ませ合ったまま、直人はペニスを凜々子の性器に挿入していく。

すでに百合亜の唾液でベトベトになっていたペニスは、すんなりと凜々子の体内に納まった。ソファの上でM字開脚をさせられた凜々子に、直人が正面からゆっくりと抽挿《ちゅうそう》を始める。

百合亜が直人の背後に跪いた。両手で双臀を開くと、その中心の蕾《つぼみ》にくちづけし、舌を奥深く差し入れる。

アヌスを舐めているのだ。

「うおおおおっ……凜々子……くふうううっ……百合亜ちゃん……あうっあうっ、気持ち良い……たまんない……はうううっ……」

それを見ていた健太の手の動きも、激しさを増していくばかりだ。

(すごいよ。なんていやらしいんだ。でも二人とも、すごく綺麗だ!)

「凜々子お姉ちゃん、そろそろ百合亜と交代して」

百合亜がピンクのシルクのパンティを脱ぐと、凜々子の隣に座った。みずから足をM字に開く。濡れた唇をゆっくりと赤い舌が舐めていった。

「百合亜ちゃんのあそこ、びしょびしょだね」

直人に指摘されるまでもなく、すでに健太の視線もそこに釘づけになっていた。ローズピンクに充血した百合亜の淫らな花園は、白濁した粘液で、ドロドロに蕩《とろ》けていた。

直人が身を屈め、百合亜の性器にむしゃぶりついた。

「ひいいいいいいいいい!」

電気ショックを受けたみたいに、百合亜が全身を痙攣《けいれん》させる。直人は百合亜の太腿を両手で押さえつけるようにしながら、べちょべちょと音を鳴らして舐めまくった。

「あうううっ……直人さん……いいっ！　感じる！　すごい！」

健太は感動して見ていた。目からも、ペニスの先端からも、止め処なく涙が溢れてしまう。

恋人に裏切られたショックで女性不信に陥《おちい》り、人形しか愛せなくなっていた直人が、なんと生身の女性の性器を舐めているのだ。

(直人さん、よかった。もう、だいじょうぶだね)

直人と百合亜と凜々子の美しい性愛を目の当たりにして、健太は心も躰も熱くなった。

4

「百合亜ちゃん、いくよ」

顔を上げた直人が、百合亜を見つめながら囁《ささや》く。

百合亜が笑顔で頷いた。

直人が限界まで漲った剛直を握り締め、百合亜に躰を重ねていく。百合亜が凜々子にくちづけした。その瞬間、直人が百合亜の人形のように華奢な躰を貫いた。

「あああああああっ！」

ソファが軋《きし》む。百合亜と凜々子が同時に仰け反った。

「くふううううっ……百合亜ちゃん……凜々子……うおおおおお！」

直人が百合亜の喉にくちづけする。百合亜の二の腕に鳥肌が広がった。

「あったかいよ……百合亜ちゃんの中って……なんてあったかいんだ……」

まるで夢の中にでもいるかのように、直人はうっとりしている。百合亜は直人の背中に手を回し、優しく撫で擦《さす》っていた。

「これが女の子のアソコよ。思い出した？」

「ああ、思い出したよ。凜々子と違って、とってもあったかい。それにぐちょぐちょしてる」

顔を見合わせながら、二人が微笑む。その間も、互いの性器を擦《こす》りつけ合っていた。

「あんっ……これからも、凜々子お姉ちゃんとしてもいいけど……はううっ……出すときは、百合亜の中で出してね……くはっ」

百合亜は、中で出してと言った。

義母が出産したことにより家族を失った百合亜が、新しい自分の家族を作ろうとしている。百合亜も何かを乗り越えようとしているのだ。

(百合亜さんも、もう、だいじょうぶだね)

百合亜の思いをしっかりと受け止めたかのように、直人が包み込むような優しげな笑顔を向ける。

「ああっ……わかったよ……約束する……」

百合亜と直人が見つめ合ったまま、激しいくちづけを交わす。互いの唾液を混ぜ合わせながら、音を立てて吸い合った。

直人ががんがんと腰を叩きつけ始めた。百合亜もそれに合わせて腰を振る。まるで激しさが愛の分量と比例するかのようだ。

(ああっ……直人さんも百合亜さんも、すごい。ほんとにすごいよ)

健太も全力でペニスを扱き上げた。

「ああああああっ！　直人さんっ！　いいいいっ！　だめっ……すごいっ……イクッ……イクッ……イっちゃう！」

虚ろな瞳で、百合亜が叫び続ける。

「おうおおおおっ、出るっ……出るっ……出るぞ！」

直人が猛烈なピストン運動を一瞬だけ静止する。次の瞬間、雷に打たれたように激しく躰を痙攣させた。

「ああっ、すごいっ！　出てるっ……熱いのが、いっぱい出てる。ああっ、あたしもイクッ……イクッ……イクうううう！」

百合亜もびくびくと全身を痙攣させた。それを見た健太も限界を超えた。

（二人とも、お幸せに！）

戒めを解き、思いっきり放った。

「あうううっ！　出るっ！　出るっ！　出るっ！」

大量のスペルマが宙を舞った。

第五章　処女のシンデレラ

1

日曜日の夕方。健太は部屋でくつろいでいた。専売所のみんなが、のんびりと過ごせる時間だ。なぜなら日曜日は夕刊がない。朝刊さえ配り終えれば、翌日の朝刊まで自由に過ごせる。

健太の勤務する店は、都内の東側にある下町周辺を管轄区域としていた。毎朝新聞に限らず主要紙は専売所制を導入していて、同じ新聞社の専売所であれば、管轄区域が重なることはない。

健太のいる専売所では、管轄区域を五つに分割していた。新人の健太は、専売所に一番近い五区を担当している。

休日については、日曜日の夕刊以外にも、一人が週に一日ずつ取れる仕組みになっていた。

月曜日が五区の健太、火曜日が四区の綾部百合亜、水曜日が三区の佐川直人、木曜日が二区の川原水樹、金曜日が一区の早瀬拓造の休日となる。それぞれの休日には、全区を把握している所長の善助が代わりに配達をしてくれるのだ。

善助は土曜日と日曜日が連休になる。新人の健太も日曜日の夕刊から月曜日の夕刊まで、一・五日が連休となり、少しだけ優遇されていた。

だから日曜日の夕方は、健太がゆっくりとくつろげる時間なのだ。

「あーあ、麻衣子さんに逢いたいなぁ」

日々の忙しさに追われているときには気も紛《まぎ》れたが、日曜日のように学校も新聞配達も休みになると、ふとした拍子《ひょうし》に麻衣子のことを思い出した。とくに一週間前の夜、直人と百合亜のセックスに立ち会ってからというもの、麻衣子に逢えない寂しさがつのるばかりだった。

あれ以来、直人と百合亜はラブラブ状態だ。他の配達員たちの前でも、平気でいちゃいちゃしている。今日も凜々子を置いて、二人でデートに出かけていた。

直人が凜々子から卒業する日も、案外近いのかもしれない。

(麻衣子さん、どうしてるかなぁ)

他のカップルの幸せそうな姿を見ていると、麻衣子に逢いたくなる。去年の夏から、麻衣子には逢っていなかった。もうすぐ一年になる。

(せめて、メアドだけでも教えてもらっておけば、メール交換くらいできたのに……)

健太は溜息をついた。

そのときだった。いきなり部屋のドアが開いた。

「健太君、お願い！　助けて！」

二号室の川原水樹が、真っ青な顔で飛び込んできた。

二度あることは三度ある、ということわざがある。またもや鍵を掛け忘れてしまったようだ。

「川原さん！　ど、どうしたんですか？」

「部屋に幽霊が出たの」

(ええ？　幽霊だって？)

たしかに部屋に幽霊が出たのなら、取り乱すだろう。水樹のような若い女性にとって、一大事と言えるかもしれない。男で一番若い健太のところへ助けを求めてくるのもしかたない。

（しかし、この二十一世紀に幽霊だなんて。だいたい幽霊って、丑三《うしみ》つ時《どき》に出るんじゃないの？　まだ夜の七時前だよ）

なんとなく釈然《しゃくぜん》としないながらも、ぶるぶると震えている水樹を放っておくわけにもいかない。

「わかりました。見に行きますよ」

「ありがとう、健太君。助かるわ」

水樹が健太の腕に摑まるようにして、歩き出す。自分で先に部屋に入るのが怖いのだろう。

Ｔシャツから剝き出しになった腕に、水樹の手のひらの温かさを感じた。夕暮れどきの柔らかい風に乗って、水樹の躰《からだ》から甘い匂いが薫る。腰まで伸びた長い黒髪が、ふわりと揺れた。

初めて水樹の部屋に上がる。

健太の胸は、幽霊とはまったく違う意味でドキドキしていた。

2

「幽霊って、どこに出たんですか？」

「その窓のところ……」

水樹が恐々《こわごわ》とした様子で、部屋の奥のほうを指差す。

窓ガラスの向こう側《がわ》に、黒い塊《かたまり》が見えた。

「あれですか？」

「きゃあー」

水樹が飛び跳ねて、健太に抱きつく。ぶるぶると震えていた。

水樹のほうが、身長は十センチ近く高い。水樹の胸に健太がすっぽりと顔を埋《うず》めるような形になってしまった。

自分の部屋でくつろいでいたからだろうか。モデルのようなスレンダーな躰には、コットンの白いワンピースを着ているだけだ。

しかも、その下にはブラジャーさえしていないようだ。小ぶりながら柔らかで弾力のある乳房が、薄い生地を通しただけで、健太の頬にぎゅっと押しつけられた。

とても温かで、もちもちだった。おまけに濃密な薔薇《ばら》の香りがする。

窒息するくらい強く胸に押しつけられた上に、甘い香りをいっぱいに吸い込んだせいで、意識が朦朧《もうろう》としてきた。

「あのー、たぶんもう、大丈夫じゃないかと……」

水樹の胸に顔を埋めたまま、もぐもぐと喋《しゃべ》る。

「ど、どうして？」

「だってあれ、幽霊じゃなくて、たぶん、しまい忘れた洗濯物ですよ」

「えっ？」

水樹が目を凝らす。幽霊だと思い込んでいたのは、ベランダに干されたままのパンティだった。黒いレースのTバックで、ほとんどスケスケのデザインだ。

（水樹さん、あんなセクシーなパンティを穿いてるんだ……）

健太としては、幽霊なんかより、よっぽどそちらのほうが衝撃的だった。

「ああっ、ほんとだわ。私ったら、恥ずかしい……ごめんなさい」

「それより……もう、離れても大丈夫じゃないでしょうか」

ずっと抱きついたままだったことに気づいた水樹が、慌てて健太から離れた。

「ほんとに、ほんとに、ごめんなさい！」

顔を真っ赤にして照れている。

「窒息するかと思いましたよ」

それを聞いた水樹が、ぷっと吹き出す。

「オーバーね。私みたいなちっちゃなおっぱいじゃ、窒息なんてするわけないわ。健太君だって、つまんなかったでしょう」

照れているのを誤魔化《ごまか》すように、水樹があえておどけた言い方をする。初めて会った頃は年下の健太にさえ敬語を使っていたことからすれば、だいぶ親しみを感じる話し方だ。

健太はぶるんぶるんと首を横に振った。

「そんなことありません。とっても気持ち良かったです!」

「まあ、健太君ったら……」

水樹が赤くなる。

「それに、とっても良い匂いがしました」

「いつも、ロクシタンのボディミルクを塗ってるから……」

水樹が頰に手を当て、恥じらう。そんな姿も素敵だった。絶世の美女というものは、何をしても絵になる。

「でも、どうして川原さんみたいなすごい美人が、新聞配達なんてやってるんですか? 川原さんだったらファッションモデルでも女優でも、もっと素敵な仕事がいくらでもあると思うけど」

「そんな……私なんか……」

前にも水樹が、「私なんか」というのを聞いたことがあった。どうもそれが水樹の口癖《くちぐせ》のようだ。

天が二物も三物も与えたような絶世の美女が、「私なんか」と言っても普通なら嫌味にしか聞こえないだろう。健太は水樹の何ごとにも控えめな性格を知っているから素直に受け取れるのだが、それでももったいないような気がしてならない。

「その『私なんか』って言う口癖、やめたほうがいいと思います」

「えっ？　私、口癖になってるかな？」

「気づいてないだけで、よく言ってますよ」

「そうなんだ。うん。これからは気をつけるわ」

健太は、『心理学的コンプレックス』に書かれていたことを思い出した。

この症状は、シンデレラコンプレックスに似ている。

潜在的に男性に強い理想を求め、女性である自分の地位を低く見がちになる。王子様の登場を待ち、女は強い男に守ってもらうものだと考えてしまう。その結果、自分の本来持っている可能性を十分に発揮できない。

「ねえ、川原さん。もっと自分に自信を持ったほうがいいですよ。川原さんは自分が思っているより、何十倍も素敵な女性ですから」

「そんな……私なんか……あっ、また言っちゃった」

二人で顔を見合わせて、次の瞬間、一緒に吹き出した。

そのまま二人でお腹を抱えるようにして、ずっと笑っていた。

「もう、笑いすぎて、涙が出てきちゃった」

水樹が指先で目尻を擦《こす》りながら、健太を見つめる。澄み切った瞳が、きらきらと輝いている。

「健太君って、不思議な人ね。話をしていると、すごく安心するの。なんだか少しずつ自分が変わっていけるような気がしてくる」

健太は水樹のことを真っ直ぐに見た。

「川原さん……幽霊が出たって、本当ですか？」

水樹が視線を逸らすように俯いた。

「そ、それは……」

「僕に、話したいことがあったんじゃないですか？」

「………」

「困っていることがあるんだったら、言ってください。僕にできることでしたら、なんだってしますから」

水樹が顔を上げた。

「ごめんなさい。健太君に嘘をついてました。幽霊が出たなんて、全部作り話です」

申し訳なさそうに、水樹が頭を下げた。

水樹ほど純粋で正直な人はいない。この三カ月間、一緒に仕事してきて、それくらいのことは、健太にもわかっていた。嘘がつけるような人ではないのだ。

（それにしても幽霊が出たなんて……水樹さんて、ほんと、天然だよなぁ……）

水樹に騙《だま》されたのだが、少しも腹は立たなかった。むしろ水樹がなんでそんなことをしたのか、その理由のほうが気になった。

「やっぱり、そうでしたか。でも、どうしてそんな嘘を？」

「健太君と話してると、とっても安心できるんだ。一緒に仕事ができて、良かったなって思ってる」

「ありがとうございます。僕も川原さんと一緒に仕事ができて、すごく嬉しいです」

「それで……実は、お願いがあるんだけど……」

水樹が言いづらそうに、口ごもる。

（水樹さんほどの美女がお願いだなんて、いったいなんだろう？　どんなことだろうと、力になってあげたいけど……）

「なんでしょうか？」

「その……あれなんだけど……」

「はい？」

「あの……私と……して……くれないかな？」

水樹が言いにくそうに、もじもじしている。だんだん声が小さくなって、最後は聞き取れないほどだ。

「えっ？」

「だから……私とセックスしてください！」

「ええぇ！」

「ああ……もう、恥ずかしい……」

水樹が両手で頬を覆った。

「いきなり、どうしたんですか？」

「い、いえ、だめとかそういうんじゃないんですけど……」

だめなはずがなかった。

水樹のようなモデル級の絶世の美女にセックスしてほしいと言われて、断れる男がいるだろうか。世界中探したっていないだろう。男なら誰だって、美しい躰に触れてみたいと思うはずだ。

「ああ、良かった。健太君に断られたらどうしようかと思ってたんだ」

「い、いや、まだ承知したわけではないんですけど……」

(ああ……どうしよう。僕には麻衣子さんがいるんだ)

それにしても水樹の自己評価は、あまりにも低すぎるのではないだろうか。

健太はそれが不思議でならなかった。

「やっぱり、だめなんだ……」

「いや、そうとも言ってないですけど……というか、いきなりどうしたんですか？」

「私ね……実はまだ……したことないの」

「したことないって……まさか？」

「だめ……かな？」

「そう。まだ、処女なの」

「ほ、ほんとですか?」

水樹ほど性格もルックスも良い女性が、二十二歳まで処女だなんて信じられなかった。

「私みたいな女じゃ、彼女にしてくれるような男性はなかなかいないみたい」

根本的に勘違いしている。

水樹が彼女にしてもらえないのではない。水樹が女性としてあまりにレベルが高すぎて、男たちが怖気《おじけ》づいてしまうのだ。

世の中には、近寄りがたいほどの美しさというものが存在する。美しすぎるから、かえって敬遠されてしまうのだ。

「川原さんなら、これからいくらでも素敵な恋ができますよ」

水樹が寂しそうに微笑んだ。

「二十二歳にもなって恋愛経験もなければ、セックスしたこともない女なのよ。このままじゃ、一生誰も相手にしてくれないわ。せめて一度くらい、男の人としてみたい」

これだけの美人なのだ。そんなことは絶対にないと思う。しかし、本人の思い込みはかなり強そうだった。

「でも、どうして僕なんですか？」

「だって……健太君って優しそうだし、何よりも話をしていて安心できるの」

水樹が真剣な顔になって、深く頭を下げた。

「お願いします。どうか、私とセックスしてください」

困ったような顔をしている健太を見て、水樹が悲しそうに俯いた。

「そうだよね。私なんかの処女を貰ってほしいなんて、重いよね。ごめんね、迷惑なことを言って」

水樹の目が潤んでいる。それを見て、健太は居ても立ってもいられなくなってしまった。

（麻衣子さん、ごめん。やっぱり水樹さんのこと、放ってはおけないよ）

心の中で麻衣子に両手を合わせる。

「わ、わかりました。僕で良かったら、セックスさせていただきます」

「健太君、ありがとう！」

麻衣子が健太に飛びついた。細く長い腕が巻きつくように、健太を抱き締める。芳醇《ほうじゅん》な薔薇の香りに包まれた。

（そうは言ってもなぁ）

健太としても、決して性体験が豊富というわけではない。保奈美との初体験と静香との野外セックスの二回だけだ。百合亜にフェラチオしてもらったことを数に入れたとしても、せいぜい二・五回だ。

そもそもその三人は、みんな処女ではなかった。保奈美など、元は人妻だ。三人とも経験は豊富そうだったし、どちらかと言えば、健太は彼女たちにリードされてエッチをしたようなものだった。処女の水樹をリードしてあげられる自信などなかった。

（まあとにかく、本人が自信を持てるようになればいいんだよな）

今さら後には引けない。不安がないわけではないが、頑張るしかないだろう。正直に言えば、男として期待のほうがはるかに大きかった。

「じゃ、じゃあ……さっそく、始めましょうか？」

健太の言葉に、真顔になった水樹がこくりと頷いた。

3

「まず、裸になったほうがいいよね？」

水樹が緊張した面持《おもも》ちで聞いてくる。

「ええ、お願いします」

水樹が頷く。

「灯りは暗くしてもいいのかな?」

「川原さんが嫌じゃなかったら、明るいままのほうが嬉しいです」

「そ、そうよね。男性は女性の裸が好きだものね。気がつかなくてごめんなさい」

恥ずかしそうにしながらも、水樹が健太に微笑んだ。少し引き攣《つ》りぎみの笑顔だ。

「い、いえ。川原さんがもしも嫌だったら、真っ暗にしてもいいです。もうなんだったら目隠ししてくれてもかまいません」

「ううん。健太君に無理にお願いしてセックスしてもらうんだもん。恥ずかしいのくらい、我慢しなくちゃ」

健太はなんだか水樹に申し訳ないような気持ちになってきた。それなのに、すでに股間のペニスはぎんぎんに勃起している。それとこれとは別なのだ。

水樹が肩紐を外すと、室内着のワンピースがするりと足元に落ちた。淡いブルーのパンティだけの姿になった。心を決めると、行動は早い。

「男の人の前で裸になるの初めてだから、お風呂に入るときみたいに脱ぐけど。セクシーじゃなくて、ごめんね」

水樹は視線を逸らすように目を伏せると、パンティを膝まで下げた。細く長い脚を、交互に抜いていく。それだけで絵になる。

美しい躰だった。

無駄なものなど、一グラムだってありはしない。草原に暮らす野生の雌豹《めひょう》のように均整《きんせい》の取れた肉体が、目の前で震えていた。

これからすることへの期待と不安が、水樹の女としての色香を濃密にしている。しかし、本人はそんなことには気づいてもいないのだろう。

男として、あらためて水樹の躰を見つめる。触れることさえ罪になるほどの美しさだった。

血管が透けて見えるほど真っ白で瑞々《みずみず》しい肌。そのせいで、下腹の恥毛の艶《つや》やかな黒さが際立って見えた。

腰まで伸びたストレートロングの黒髪の一部が、清流のように胸に流れている。乳房を覆っていた髪を右手で背後に跳ね上げると、芸術的なほどに美しく浮き上がった鎖骨が現れた。

小ぶりながらも形良く盛り上がった乳房が、薄い躰を際立たせる。先端の薄桃色の小さな乳首は、薄い色の乳輪の中に埋没《まいぼつ》していた。

「ああっ……川原さん！」

あまりの美しさに目が眩む。頭に血が上った。息が苦しい。我慢できなくなって、水樹の細い躰をがむしゃらに強く抱き締めた。

「あんっ……健太君……」

鼻息も荒いまま、可憐な唇にキスしようとした。しかし、水樹のほうが十センチ近く背が高いので、思うようにならない。

水樹が身を屈めてくれた。唇が触れ合う。

触れ合った粘膜から、水樹の緊張が伝わってきた。緊張しているのに、自分のほうからキスをしてくれた水樹の気持ちが嬉しい。

それが余計に健太の興奮を高めた。

ぷるぷるの唇の感触をたっぷりと味わう。舌を差し入れた。

水樹は戸惑う様子を見せたが、嫌がっているのではない。その証拠に、初めはぎこちなく動いていた舌が、だんだんと健太の舌に絡みつくように動き始める。

夢中で水樹の舌を吸った。歯茎も歯も、口の中のすべてを舐めまくった。

小さな乳房を手のひらで包んでみる。陥没《かんぼつ》していたはずの乳首が、いつの間にか硬く尖って飛び出していた。

(水樹さんも、キスで感じてるんだ)

嬉しくなった。芯を持ち始めた乳首を、指で摘まんで刺激する。

「んんんっ……」

水樹は小刻みに躰を震わせながら、喉の奥を小さく鳴らした。感じていることを紛らわそうとするかのように、健太の首に両手を回して抱きついてくる。

それでも乳首は、こりこりに硬くなっていった。

健太は激しいくちづけを交わしながらも、ゆっくりと背後にあったベッドに水樹を導いていった。

水樹がベッドに横たわる。健太も急いで全裸になった。

勃起して剝き出しになった肉幹に、水樹がちらりと視線を這《は》わせる。そして慌てたように目を逸らした。頰から項《うなじ》まで、真っ赤に染まっている。

(恥ずかしがってる水樹さん、すごく綺麗だ……)

ベッドに上がりながら、水樹の美しい躰を見下ろした。水樹が健太を見つめる。

「そ、そんな大きいの、ほんとに入るかな？」

水樹が不安と羞恥を紛らわすかのように、おどけた口調で言った。

「たぶん、大丈夫だと思います。ゆっくりと、優しくしますから」

水樹を安心させたくて、目を見つめながら囁くように言った。

健太には性的な経験はほとんどない。できることは、誠意を持ってまっすぐに向き合うことだけだ。

「うん。ありがとう」

安心したのか、水樹の笑顔が少しずつ自然なものになってきた。

躰を重ね、夢中でくちづけした。水樹も健太の躰に腕を回してくる。

舌を吸い合い、唾液を啜り合った。

日頃から薔薇の香りのボディミルクを全身に塗っているからなのか、それとも絶世の美女の唾液だからなのか、水樹の唾液は蜂蜜のように甘かった。

柔らかなグミのような耳朶《みみたぶ》を、たっぷりと時間をかけてしゃぶる。それだけで水樹は泣きじゃくるように可愛い嗚咽《おえつ》を漏らした。

腋の下に舌を這わせ、ザラザラした肌を舐めまくった。最初は少し抵抗を見せた水樹だったが、すぐに観念したように、腋の下を与えてくれた。

磯《いそ》の味が口の中いっぱいに広がる。微かに酸っぱい匂いもした。

それがかえって欲情を刺激する。ペニスに熱い血潮が流れ込んでいく。

「ああっ、水樹さんの躰、とっても美味しいです」

思わず名前を呼んでしまう。

「あんっ……そんなこと……言わないで……はうっ……恥ずかしい……」

勃起した肉幹が、水樹の太腿に当たった。ひんやりして気持ち良かった。

健太としても、決して経験豊かというわけではなかった。

だからこそ、目の前の美女に対して、やりたいと思うことを片っ端からやっていこうと思った。本能の赴《おもむ》くまま、牡《おす》の欲望に従うのだ。

相手は処女で、何もわからないのだから、そのほうが誠実な気がした。

「ああああっ……そんな……困る……だめっ……あああっ……困る……」

水樹の躰を裏返して項から背中にかけて舐めていたら、急に反応が大きくなった。どうやら水樹は、背中が感じるみたいだ。

そうとわかれば余計に責めたくなる。水樹の背中を穴が開くほど、徹底して舐めまくった。

水樹の真っ白な背中に、健太の歯型がいくつもできた。

ようやく、そっと性器に指を忍ばせる。

背中への愛撫がよほど効いたのか、すでに水樹の秘花は、どろどろになるほど濡れていた。指を二本這わせただけで、潤みがどっと溢れた。

指を少しだけ入れてみる。

処女の性器には、処女膜というものがあると聞いたことがある。それがどんなものかはよくわからなかったが、傷つけるのが恐いので、浅めに優しく撫でた。

それだけでも水樹はびくびくと躰を震わせる。

薄めの花びらの合わせ目を、指で摘まんで左右に開いてみる。狭そうな秘穴がひくひくと震えていた。

そっと匂いを嗅いでみる。甘酸っぱい南国のフルーツの香りだ。これが穢《けが》れを知らぬ処女の匂いなのだ。胸いっぱいに深く吸い込む。

もうたまらなかった。

気がつくと、水樹の性器にむしゃぶりついていた。

「あうううううっ！」

芳醇な淫蜜の味わいが舌の上に広がる。舌を尖《とが》らせて差し込むと、とくとくと流れ込んできた。

わざと音を立てて啜る。

まるで栄養ドリンクのような、深みのあるとろみと味わいを感じた。呑めば呑むほど、なんだか性欲が高まっていくような気がする。

さらに思いっきり吸引した。

「ひいいいいいいいっ！」

水樹が全身を強張《こわば》らせ、快楽にのたうち回る。高圧電流に感電したみたいに、両手両足が激しく痙攣している。

それでも必死になってシーツを摑み、一生懸命に躰を開いて健太の舌を受け入れようとしていた。どこまでも健気《けなげ》だった。

水樹の思いに応えるためには、敢えてもっと責めてあげたい。

健太は水樹の女の花を、むちゃくちゃに散らしていく。

薄紅色の肉厚の花弁を、舌で強引に抉《こ》じ開ける。溢れ出る花蜜をじゅるじゅると啜りながら、琥珀《こはく》色に光る女芽を舌先で弾《はじ》いてやる。

水樹はすすり泣き、痙攣し、絶叫した。

保奈美との経験で学んだ知識を総動員しながらも、無理にテクニックに走らず、自分の欲望に忠実になる。

やりたいことをやる。舐めたいところを舐める。嗅ぎたい匂いを嗅ぐ。それが健太にとって、水樹への誠意だった。

「あっ……んっ……くっ……はうっ……いいっ……だめっ……いいいい！」

恥じらっていた水樹の声が、どんどんと大きくなっていく。ベッドの上で躰を撓《しな》らせ、股間をぐいぐいと健太の顔に擦《こす》りつけてくる。

「あああっ……いやっ……だめっ……それ以上は……お願い……」

声の調子が変わってきた。性の経験の浅い健太にも、水樹が限界を越えようとしているのがわかる。

充血して尖り切った女芽を、優しく甘噛みした。

「ひいいいっ……イクッ……イクッ……イクううううっ……」

びくびくびくびくっと、水樹が痙攣を繰り返し、快楽の絶頂を迎えた。

4

「私ばっかり気持ち良くしてもらって、ごめんね」

のろのろと躰を起こしながら、水樹が申し訳なさそうに謝る。

「水樹さんのアソコ、美味《おい》しかったです」

「もう、健太君ったら……」

恥ずかしそうに頬を赤く染めた水樹が、手のひらで健太の口のまわりについた自分の体液を拭う。

「次は私に、健太君のこと、気持ち良くさせて」

起き上がった水樹は、健太の躰をベッドに押し倒した。漲《みなぎ》ったペニスに細くしなやかな指を這わせる。

「すごい……大きい。こんなの口に入るかな？」

水樹が真っ青な顔で健太のペニスを見つめる。

「苦しかったら、無理しないでくださいね」

「ううん。こういうときって、苦しくても頑張るものなんでしょう？　私、やります」

「水樹さん……」

「初めてだから、うまくできなかったら、ごめんね」

まるで夢のような展開だった。

処女で年上で絶世の美女の水樹が、なんとフェラチオしてくれるというのだ。

おまけに苦しくても頑張るとまで言ってくれた。たとえ途中で噛み切られたとしても、もう思い残すことはなかった。

目の下をほんのりと赤く染めた水樹が、長い髪を一度掻き上げてから、頭を健太の股間に被《かぶ》せてきた。真っ赤な舌が伸びてきて、亀頭を舐めだした。

初めてとは思えないくらい上手だった。

「はふううううっ……」

「どうかな？　気持ち良い？」

「ああっ……水樹さん……気持ち良いです」

「良かった……」

健太の言葉に安心したのか、水樹の舐め方が徐々に大胆になっていく。

舌先がすごい。

裏筋に沿ってゆっくりと上下に何往復もしていたかと思ったら、今度は蚯蚓《みみず》のように幾重にも浮き上がった血管に合わせて、まるであみだくじを辿るように艶めかしく動き回った。

尿道口にちゅっちゅっちゅっと啄《ついば》むようなキスを繰り返したり、いきなり陰嚢を口に含んだり、いったいどこでそんなことを覚えたのかと思うようなバリエーションを披露した。

「くふうううっ……水樹さん……あうううっ……すごい……」

「これで、あってるかな？」

健太は千切れてしまうかと思うくらい、激しく首を縦に振った。

「あうううっ……ばっちりです……最高です……はうううっ……すごすぎます」

水樹は恥ずかしげに頬を染めながらも、安心したように笑顔を見せた。

「こういうときのために、女性週刊誌のセックス特集で猛勉強したの。やっぱり男の人には喜んでほしいから……」

（どこまで健気な女性なんだろう）

水樹が雑誌でフェラチオの勉強をしている姿を、思わず想像してしまった。感動で涙が出そうだった。

その水樹が、ペニスをしゃぶってくれているのだ。男としてこれ以上の幸せはなかった。

「じゃあ、咥えるね」

水樹が、Oの字に口を大きく開く。亀頭全体が温かな粘膜で包まれた。一気に呑み込まれる。

「くふううううううっ……」

舌がゆっくりと回転しながらも、どんどん奥までペニスが吸い込まれていく。亀頭が喉奥に当たる。

感動の光景だった。

水樹がゆっくりと首を振り始めた。腰までの長い黒髪が、さらさらと流れるように揺れて、健太の太腿を擽《くすぐ》った。

真空状態になった口の中で、柔らかな粘膜に纏《まと》わりつかれたペニスが、ぐちゃぐちゃにされていく。

気が遠くなるほど、気持ち良かった。ペニスが溶けてしまったのではないかと錯覚するほどだ。

水樹が徐々にピッチを上げてくる。もう主導権は、完全に水樹に奪われていた。

「あああああっ……水樹さん……そんなにしたら、だめです……」

絶頂の兆《きざ》しが下腹部に広がっていく。痙攣を始めた肉幹の反応で、水樹にもそれは伝わっているはずだ。しかし、水樹はやめようとはしない。

必死になって括約筋を引き締めた。しかし、快楽の暴走を止められない。

「くふううぅっ……ほんとに……だめっ……出ちゃう……出ちゃう……出るっ！」

どぴゅっどぴゅっと大量の精液を、水樹の口中に吐き出してしまう。灼熱のマグマが尿道を駆け抜けていく。

「あうううううっ……ごめんなさい……」

それでも止まらない。水樹の口から溢れるほどに、大量に射精した。がくんがくんと肩を震わせたあと、健太はがっくりとベッドに躰を沈み込ませた。

処女の女性に口内射精をしてしまった。水樹に申し訳ない気持ちでいっぱいになる。

水樹が顔を上げた。優しげに微笑みながら、口中に溢れた精液をゆっくりと嚥《えん》下《げ》した。

「えっ？　呑んじゃったんですか？」

「呑んだほうが男の人は喜ぶって……」

「それも雑誌に書いてあったんですか？」

「うん。だめ、かな？」

水樹が不安そうな目をする。

「だめじゃないです！　全然、だめなんかじゃないです！」

猛烈に感動して、思いっきり水樹の躰を抱き締めてしまう。

「きゃっ！　健太君、急にどうしたの？」

「僕、嬉しいんです。水樹さんのような素敵な女性の初めての男になれることが」

水樹が健太を見つめる。

「私……男の人にとって、素敵な女性なのかな？」

「も、もちろんですよ」

健太は大きく頷いた。

「私ね。小学生の頃からクラスで一番大きかったんだ。クラスのどの男子よりも、女性の担任の先生よりも背が高かったの。あだ名はなんだったと思う？」

「さあ……」

「電信柱よ」

「そんな、ひどい……」

「子供って、残酷よね。小学校で私が一番嫌いだったものはね、席替え。席を新しく替わるたびに後ろの子が、『黒板が見えないぞ』って苛《いじ》めるの。だから私はいつも猫背で授業を受けてた。私なんか、誰も男の子には認めてもらえない、恋なんてしちゃいけないって思ってたの」

「水樹さんは、とっても素敵な女性です」

「ありがとう。そう言ってくれる男性を、私、ずっと待ってた」

「水樹さん……」

「健太君、私を女にして……」

健太は水樹の躰を優しくベッドに押し倒した。

フェラチオで射精したばかりだというのに、ペニスは少しも勢いを失っていない。むしろ、先ほどよりも硬度が増しているくらいだ。

今この瞬間、水樹のことを心から素敵だと思う気持ちが、健太の性器を熱く漲らせていた。

勃起しきった肉棒を、水樹の女の花園にそっと宛《あて》がう。

「ああっ、健太君の……とっても熱いわ」

怯えたように、水樹が訴える。

その顔を見て、健太は申し訳ない気持ちになった。

「正直に白状します。実は僕もたいして経験はないんです。水樹さんのこと、ちゃんとリードできる自信はありません」

水樹が健太のことを真っ直ぐに見つめる。

「健太君のそういうとこ、好きよ。私、信じてる」

「水樹さん……」

「上手じゃなくていいの。私が最初の男に選んだのは、誰でもない、健太君なんだから」

健太はもう泣きそうだった。

水樹のために、心を込めてセックスしようと誓った。

「いきます」

「はい」

健太は少しずつ、腰を落としていった。亀頭がゆっくりと、温かな粘膜に包み込まれていく。

ところが、すぐに強い抵抗を感じた。十分に濡れているはずだったが、思った以上に水樹の花道が狭いのだ。

「あああっ……」

「痛い？」

水樹が泣きそうな顔で、首を横に振った。

痛くないはずがない。それなのに水樹はそうは言わない。

「キスして」

水樹がくちづけをねだるように、唇を突き出した。でも、大柄な水樹にキスするためには、もっと躰を密着させなければならない。

それが意味することに気づき、健太は一瞬躊躇《ためら》った。

「お願いよ。キスして……」

水樹の澄み切った瞳がきらきらと輝いている。その瞳には健太が映っていた。

「水樹さん……」

水樹にくちづけた。

「んんんんんっ……」

めりめりっと肉を引き裂く感覚。健太の剛直が水樹の躰に突き刺さっていく。

すごい抵抗だった。それでもここでやめたら、かえって水樹を苦しめることになる。

思い切って突き進む。

亀頭が圧迫される。負けずに腰を押し込んだ。思いっきり突き入れる。

「あああああああっ！」

その瞬間、健太の愛棒が処女膜を突き破った。

二人の躰が一つになった。

5

「水樹さん。全部、入りました！」

「ああっ、健太君……ありがとう」

（水樹さん、すごく可愛い）

水樹の目尻にこぼれている涙を、そっと舌で舐め取る。無意識にそうしていた。

「大丈夫ですか？」

「うん。動いてもいいよ」

ペニスが千切《ちぎ》れるくらいぎゅうぎゅうに締めつけられていた。これで動いたりしたら、水樹はどんなに痛いかしれない。

「苦しかったら、これで終わりにしてもいいんですよ」

「それはだめよ。健太君にちゃんと気持ち良くなってもらわないと、セックスしたとは言えないでしょ」

「でも……」

「私は大丈夫だから、動いて。それに……私も健太君に、中で出してほしい」

そう言った水樹の目は、爛々《らんらん》と輝いていた。女の目だった。

「わかりました。じゃあ、いきますよ」

ゆっくりと腰を振り始めた。

初めは淫襞が引っ掛かるような感じだったが、すぐに溢れ出した潤みで、滑らかに動けるようになる。水樹も最初こそ痛みに顔を歪《ゆが》めていたが、だんだんと歓喜の声を上げ始めた。

「あああんっ……健太君……嬉しい……はうううっ……」

水樹が自分から性器を擦《こす》りつけるようにしてくる。

「水樹さん……感じてるんですか？」

水樹の目の周りが、ぽっと赤くなった。

「私のこと、軽蔑しない？」

「するわけないじゃないですか」

健太はぶんぶんと大きく首を横に振った。

「私ね、小学校三年生の頃から、ずっとオナニーしてたんだ」

「そ、そんなに早くから？」

「ほら、やっぱり軽蔑した」

「してないです。してないです。ちょっと、驚いただけです」

「毎晩のように、寝る前にベッドの中で、クリトリスを触ってた」

クラスの誰よりも身長が高かったということは、躰も成熟していたのかもしれない。同世代の男の子たちに相手にされない苦しさが、水樹をオナニーに向かわせたのだろう。気がつけば、オナニー経験は豊富になっていたのだ。

（そうか。それでさっきもクリトリスを舐めただけで、すぐにイっちゃったんだ）

話をしている間もずっと、水樹は股間を回すように動かしながら、クリトリスを健太の下腹部に擦りつけていた。

（オナニーのことまで告白してくれたのは、僕のことを本気で信頼してくれている証拠だよな。それに応えて、ちゃんと気持ち良くしてあげなきゃ）

水樹を見下ろしながら、再び健太も腰を振り始めた。さらに上半身を少し起こすと、結合している性器の間に指を伸ばした。

親指の腹で、淫裂の包皮を剝き上げる。すぐにぷっくりとした肉芽に触れた。腰を激しく振りながらも、同時に指先で円を描くようにして、尖り切った淫核を刺激し続けた。

「あああんっ……そ、そんなっ……くふうううううっ……だめっ……」

水樹の反応が途端に激しくなった。やはりクリトリスは相当に敏感なようだ。

「はうううううっ……だめっ……あんっ……そんなっ……すごいっ……」

雪のように真っ白な肌を快感により桜色に染めた水樹が、美しい黒髪を白いシーツの上に広げて身悶《みもだ》える姿は、想像を絶する淫らさだった。

(ああっ、なんて綺麗なんだろう)

一突きするたびに、水樹が喘ぎ声を上げる。抑えようとしても抑えることのできない快楽の声だ。

「あああああっ……健太君！　私の躰……気持ち良い？」

不安そうに水樹が尋ねる。

「くふうううっ……最高に……気持ち良いです！」

「ああっ……嬉しい……」

水樹の性器が、ぎゅっと締まった。ペニスを食い千切られるかと思うほどのすごい強さだった。

もう、たまらなかった。

「うおおっ、水樹さん！」

夢中になって腰を突きまくった。弾力のあるグミのような襞《ひだ》が、四方八方からぎゅっぎゅっとペニスに絡みついてくる。

大声で叫び声を上げたいほどの気持ち良さだ。犯しているというより、むしろ犯されているような気にさえなった。

健太は水樹の長い両脚を抱え上げた。躰を折り曲げることにより、二人の結合部がさらに強く密着する。

限界まで硬直したペニスが、さらに水樹の花園の奥深くに突き刺さった。

「あうううっ……すごいっ……いいっ……健太君……私、なんか変……」

水樹の躰がさっきから小刻みな痙攣を繰り返している。大きな波が来る前兆だと、健太にもわかる。

「水樹さん、イッてください。僕と一緒にイッて……」

「ああっ……どうしよう。ううっ……私……恥ずかしい……」

「大丈夫です。くふううっ……恥ずかしくなんか、ありません。僕も……出るっ……もう、出るっ……出るっ！」

びくんっびくんっと躰を震わせながら、熱いマグマを思いっきり放出した。頭の中が真っ白になる。気持ち良すぎて、息をすることもままならない。

大量の精液を、水樹の子宮に叩きつける。

「あうううううううっ！　イクッ……イクッ……イクうううう！」

すごい力で、水樹が健太に抱きついてくる。

ペニスを包み込んだ水樹の女の花園は、いつまでも痙攣を続けていた。

6

一週間後。

二十六時になった。朝刊を積んだトラックが、専売所に届く。

所長以下全員で、トラックの荷台からビニールに包まれた新聞の束を下ろす。

すぐに荷解きして、折込チラシを入れていく。

一部ずつ手作業で入れるのだ。

朝刊は時間との戦いになる。みんな、黙々と作業をこなしていく。誰もが自分の作業に没頭していた。

少し遅れて来た水樹が、健太の隣に来て作業を始めた。他の配達員には聞こえないような小さな声で、健太に話しかけてくる。

「私ね、今月いっぱいでここを辞《や》めることにしたんだ」

「えっ？　どうして？」

「この間、前にスカウトしてくれていたモデル事務所の社長さんと会ってきたの。いろいろと話を聞いて、挑戦してみることにした。だから、もうここは出ていくんだ」

そう言いながら、水樹が頭に被っていたパーカーのフードを下ろした。

「ええええっ！」

驚いた健太が声を上げるより先に、向かい側で作業していた百合亜が大声を上げた。専売所にいた全員が水樹に注目した。

「わあ、どうしたの？」

拓造も目を丸くしている。

腰まであった水樹のストレートロングの黒髪は、項《うなじ》も露わなほどのショートヘアになっていた。

「へへっ。ちょっと、イメチェンしようと思ってね。ばっさり、やっちゃった」

「ミズ姉《ねえ》、かっわいい！」

百合亜が大騒ぎを始める。水樹は照れながらも、嬉しそうな笑顔を見せていた。

水樹が健太を見る。

「川原さん、とっても似合ってますよ」

健太も嬉しかった。

水樹は新しい自分を見つけるための挑戦をする決意をしたのだ。水樹が専売所を辞めてしまうのは寂しいが、応援したい気持ちでいっぱいだった。

「うん。ありがとう。健太君のおかげだよ」

「そんな、僕はたいしたことしてないです。川原さんは元から素敵な人なんです」

「健太君が変わるきっかけをくれたんだよ。だから、私は挑戦する勇気が持てた。健太君のこと、忘れないよ」

水樹が健太の頬に、いきなりチュッとキスをした。

「うわぁっ！」

ほんの一瞬の出来事だった。すぐにみんなが蜂の巣をつついたような大騒ぎになった。

「川原さん、なんで健太にチューするんですか？」

拓造が羨《うらや》ましそうな顔で、水樹に聞いている。

「それは……ないしょです」

拓造が健太に喰ってかかる。

「おい、健太。お前だけずるいぞ！」

びっしょりと冷や汗を掻きながら、健太は拓造に何度も頭を下げる。

それを見て、水樹が悪戯っぽい顔で笑っている。

本当に素敵な笑顔だった。

第六章　可愛い弟

1

梅雨《つゆ》が明けた。

健太が専売所に来て、もうすぐ四カ月が過ぎる。先週から大学も夏休みに入っていた。

Tシャツから出た腕も顔も、すっかり日焼けしていた。東京での生活にも、だいぶ慣れてきた。

地下鉄の乗り換えには、まだまだ戸惑うことも多かったが、それでも渋谷にも新宿にも秋葉原にも行った。今度は雑誌に載っていたパンケーキを食べに、原《はら》宿《じゅく》にも行ってみようかと思っている。

四カ月の間に、いろんなことがあった。

大学での勉強は面白かった。まだ一般教養課程が主で、専門的な心理学について深くは学んでいなかったが、それでもやっぱり東京の大学に来て良かったと思った。友達もたくさんできたし、刺激もいっぱい受けた。

専売所の人たちは、同僚というよりも仲間と言えるような関係だった。なんでも相談できたし、一緒に生きているという実感があった。

（東京の女性は、綺麗だしな……）

保奈美や百合亜や静香の顔が浮かぶ。

（ほんとに四カ月なんて、あっという間だったな）

夕刊の配達のあと、シャワーから上がると、スマホにメールが来ていた。

保奈美からだった。「話したいことがあるから私の部屋に来てほしい」と書かれていた。

（話って、なんだろう？）

どうしても初体験のときのことを思い出してしまう。

保奈美の熟れた肉体や濃密な初体験が、匂いまでリアルに蘇ってくる。

（そういえばあのとき、保奈美さんは自分のことを「お姉ちゃん」って言ってたよな。もしかしたら、ブラザーコンプレックスなのかも。それで苦しんでるのなら、力になってあげたい）

麻衣子が苦しんでいたのに、力になってあげられなかったという苦い記憶が思い出された。また同じ過ちを繰り返すのはいやだった。

（たとえ治してあげられなくても、せめて癒《いや》してあげたいな）

健太は髪も生乾《なまがわ》きのまま、ジーパンにTシャツを着ると、隣の保奈美の部屋へと急いだ。

2

コンコン。六号室のドアをノックした。

保奈美がドアを開けてくれた。

「こんばんは」

健太は笑顔で挨拶した。

「どうぞ。上がって。こんな夜に来てもらって、ごめんなさいね」

時刻は夜の九時だが、新聞配達員にとっては、そろそろ就寝する人もいる時間だ。

「気にしないでください。どうせ、テレビを見て寝るだけですから……」

保奈美の部屋に上がったのは初めてだった。

「へえ、綺麗な部屋ですね。同じ間取りなのに、僕の部屋とはえらい違いだ」

「少しは家具とか増えたの？　あたしが引っ越しを手伝ったときは、まだなんにもなかったから……」

「相変わらず、殺風景《さつぷうけい》な部屋ですよ」

二人っきりになるのは、引っ越しのとき以来だ。つまり、筆おろしを保奈美にしてもらった夜だ。

言葉にはしないが、お互いに意識してしまう。なんとなく会話もぎこちない。

「まずは、そこに座って」

フローリングの床に敷かれた二畳ほどのラグの上に、正方形の小さなテーブルが置いてある。

健太はラグの上に胡坐《あぐら》を掻いて座った。保奈美もすぐそばに正座した。

「なんだか、今日の保奈美さん……いつもと雰囲気が違いますね」

保奈美は白いシフォンのブラウスに、黒のタイトスカートを穿いていた。薄手のシフォンはほとんど透明に近く、レースを縁取《ふちど》った純白のハーフカップブラが透けて見えていた。

正座をしているので、タイトスカートの生地が引っ張られ、むっちりとした太腿が半分以上露《あら》わになっている。保奈美がスカートの裾《すそ》を指で摘まんで、そっと引っ張った。

「そ、そうかしら？　いつもと変わらないと思うけど……」

「そんなことないです。今夜は一段と綺麗です」

どうしても保奈美の豊かな乳房に視線がいってしまう。ステッチのない、いわゆる見せブラではあると思うのだが、これだけ大胆にシースルーになっていると、気になってしかたなかった。

「昼間に学生時代のお友達と、美術館に絵画を観《み》に行ったから……」

（それで、こんなにお洒落《しゃれ》してるんだ）

「健太君……」

「は、はい」

保奈美の言葉に、健太は顔を上げた。

居住まいを正す。

「あたしね……健太君に、謝りたいことがあるの」

保奈美の顔は、辛《つら》そうに歪《ゆが》んでいる。今にも泣き出してしまいそうに見えた。

「あらたまって、どうしたんですか？」

「ずっと言おうと思ってたんだけど、なかなか言い出せなくて……あのね、あのとき、お引っ越しの日にドアが開いちゃったのは、健太君のせいじゃないの。ほんとは、鍵は前から壊れてたのよ。オナニーを見ちゃったのは健太君が悪いんじゃない。健太君がきっとオナニーしてるだろうって、そう思って……それで、あたし……」

「保奈美さん……」

「鍵を掛けた状態で普通にドアノブを回しても開くことはないけど、慌てたときのように、ガチャガチャと回しながら急に引くと、鍵が開いてしまうことがあるの。前の住人から修理を頼まれてたんだけど、忘れてたまま、健太君が入居しちゃったんだ。だからあの日も、鍵が開くのはわかってたの。思ったとおりだったわ」

俯《うつむ》いたままの保奈美は、ずっと膝の上に置いた自分の手を見つめていた。その手を健太はそっと握り締めた。

「なーんだ、そんなことですか。もう、とっくにわかってましたよ」

「えっ？　どういうこと？」

驚いて顔を上げた保奈美を、笑顔で見つめる。

「もちろん、あのときはびっくりしました。でも、その後でも同じようにドアが開いちゃったことが二度もあったんです」

「そうなの？」

「だから、鍵が壊れてるんだって、すぐにわかりました。いくらなんでも三回も鍵を掛け忘れるなんて変だから。となると、部屋の管理をしていた保奈美さんがそのことに気づいていないはずはないし。そう思ったら、あのときのこともなんだかいろいろと説明がつくっていうか、思い当たるふしがあって……」

「ごめんね。ほんとに、ごめんなさい」

保奈美が何度も繰り返し頭を下げる。

「もう、頭を上げてください」

「でも……」

「たとえ鍵が壊れていようと、僕のオナニーがばれていようと、僕が保奈美さんと初体験をしたいと思った気持ちに嘘はありません。僕は、本気で保奈美さんのことを素敵な女性だと思ったし、だからこそ、初体験の相手は保奈美さんにお願いしたいって思ったんです」

「健太君……」

「謝らないでください。僕は今でもすごく感謝してるんですから」

満面の笑みを浮かべ、保奈美の手を握った手に力を込める。

「健太君、ありがとう」

「お礼を言いたいのは僕のほうですよ。あれ以来、保奈美さんにはお世話になりっぱなしなんですから……」

「えっ？　それって……」

健太が申し訳なさそうに、頭を掻く。

「登場回数がダントツの一位です」

「ま、まさか……あたしで、オナニーしてるの？」

「すみません」

健太が頭を下げる。

「この状況じゃ、怒るに怒れないわね」

保奈美の表情が柔らかなものになる。

「それじゃあ、これでお互いにチャラってことですね」

「もう、健太君ったら……」

二人で大声で笑った。

（ああ、保奈美さんの笑顔が戻った。恥ずかしかったけど、オナニーのこと、打ち明けて良かったな）

3

「健太君に、もう一つ聞いてほしいことがあるの」

保奈美が健太の手を両手でしっかりと握り返しながら、熱い眼差《まなざ》しを送ってくる。

「どうしたんですか？」

「今度はあたしのほうからお願いするわ。もう一回、セックスしてください」

「で、でも……あのとき一度っきりというはずじゃ……」

「それはわかってる。そこをなんとかお願い。ねっ、本当にこれが最後だから、あと一回だけ、お願いします」

「そんなこと言われても……」

保奈美のことは大好きだ。初体験の相手が保奈美で良かったと言った気持ちにも嘘はない。しかし、心の中には麻衣子への熱い思いがあるのだ。

（どうしよう。これ以上、麻衣子さんのこと、裏切れないよ）

シフォンのブラウスを盛り上げている豊満な胸が、保奈美の呼吸に合わせて目の前で大きく揺れている。思わず、生唾を呑み込んだ。

（それにしても、相変わらず大きなおっぱいだよな……）

つい、ちらちらと見てしまう。保奈美が健太の膝に手を置いた。

「今夜だけ……あたしの弟になってもらえないかな？」

「弟？」

「うん。弟になって、あたしに甘えてほしいの」

保奈美が思いつめた目で、健太を見つめる。

（やっぱり保奈美さん、弟さんと何かあるんだ……それが今夜呼び出された理由なんだな）

健太は覚悟を決めた。

（麻衣子さん、ごめん。やっぱり、見捨てることなんて、僕にはできない）

保奈美に笑いかける。

「わかりました。今夜だけ、僕、保奈美さんの弟になります」

「あ、ありがとう……」

保奈美の目が潤んでいた。

保奈美が立ち上がって、部屋の照明を消した。柔らかな月明かりに、保奈美の豊満な躰のラインが浮かび上がる。

健太は保奈美の手を取って、ベッドに上がった。

「保奈美さんのこと、今夜はなんて呼べばいいですか？　お姉ちゃん？　お姉さん？　それとも、姉貴かな？」

「えーと……お姉ちゃん、でもいい？」

「わかりました。お姉ちゃん……キスしてもいいですか？」

健太は真っ直ぐに保奈美を見つめながら言った。

しかし、言い終わらないうちに、保奈美のほうが健太の唇を奪っていた。

「うぐぐっ……」

唇を思いっきり吸われた。すぐに舌が入ってくる。こちらからも保奈美のぽってりとした肉厚の舌を吸い返した。

唾液も呑まされる。とろとろの唾液が舌の上に広がると、それだけで頭がぼーっとなった。バツイチ美熟女の唾液には、麻薬の成分が含まれているのではないだろうか。

歯や歯茎まで舐め回された。息もできないほどの激しいくちづけだった。無我夢中で応戦する。

「やだっ、健太君ったら、上手になってる。いつの間に練習したの？」

「秘密です」

「もう……そういういけない子には、お姉ちゃんがお仕置きね」

保奈美は健太のジーパンのベルトに手を伸ばした。

「お姉ちゃん……僕にいっぱいお仕置きして」

ジーパンとボクサーパンツを、一緒に足から抜き取られた。逞《たくま》しく漲《みなぎ》ったペニスが、下腹に付く勢いで立ち上がる。すでに弾けそうだ。

「ああ、すごい。キスだけで、こんなに大きくなってる」

先端からは透明の粘液が糸を引いて垂れていた。

保奈美が剛直の根元をしっかりと握ってくる。亀頭に顔を近づけ、くんくんと匂いを嗅いだ。

「ああっ……すごく臭《くさ》い。若い牡《おす》の匂いがぷんぷんするわ」

「う、嘘だよ。ここに来る前にシャワーを浴びたばっかりなんだから」

「嘘じゃないわ。眩暈《めまい》がするほど獣《けもの》臭いわ。ああ、いやらしい……」

性体験の少ない健太としては、それ以上何も言い返せない。本当に自分のペニスは臭いのではないかと、不安でいっぱいになった。

「大丈夫よ。お姉ちゃんが臭いちんぽを綺麗にしてあげるから」

言うや否や、先端に唇を押しつけ、先走り液をじゅるっじゅるっと吸った。

「あううううっ!」

躰の芯を電気が走る。すごい快感だった。

保奈美が上目遣いで健太を見つめる。

「ふふふっ……どう?」

「あうううっ……保奈美さん……すごいです」

剛直がびくんっびくんっと勝手に痙攣《けいれん》してしまう。

「保奈美さんじゃないでしょ」

「ああっ、ごめんなさい。お姉ちゃん……」

健太は呻き声を上げた。保奈美は健太から視線を外さないまま、勃起した肉幹の裏側に舌を這わせていく。

薔薇《ばら》の花びらのように真っ赤な舌を使って、べろんべろんと何往復も舐められた。そのたびに躰に激震が走った。

陰嚢も一つずつ頬張られた。たっぷりと唾液を溜めた口の中で陰嚢をちゃぷちやぷと転がされる。同じリズムで、肉棒をきゅっきゅっと扱《しご》かれた。

その間もずっと健太のことを、妖《あや》しく濡れた瞳で見つめたままだ。

(ああっ、すごい……保奈美さん、弟さんにフェラチオしてるつもりなんだ)

保奈美は共働きの両親に代わって、一回りも年下の弟の面倒をずっとみてきたと言っていた。

兄は家に居つかない。両親も仕事。二人っきりの家の中で、弟を自分が守ってあげなければいけないという強い思いが芽生えたとしても不思議ではない。いつしかその愛情が、違う形に変化していったことに、保奈美自身もずっと戸惑っていたのだろう。

(保奈美さんは、こんがらがってしまった感情に苦しんできたんだ)

今この瞬間、健太は心から、保奈美を愛《いと》おしいと思った。

「あんっ、すごい……また大きくなったわ」

なんだか本当に、自分が保奈美の弟になったような気持ちになってきた。

「あううっ……お姉ちゃん、もっとしゃぶって……」

「あんっ……お姉ちゃんがいっぱいしゃぶってあげる」

保奈美が健太のペニスを呑み込んでいく。

真っ赤なルージュを引いた唇が大きく開いた。亀頭のカリ首のざらざらしたあたりに舌を絡みつかせ、たっぷりと舐《ねぶ》り上げる。

ペニスがすべて姿を消すまで、呑み込んでいく。

(ああっ、保奈美さん、すごいよ……)

実の姉弟が、一線を越えるわけにはいかない。それは人の道に背《そむ》く行為だ。だからその願望を、保奈美はずっと胸の内にしまってきたのだろう。

それでも弟とセックスしてみたいという思いは、いつだって保奈美の心の奥底に、淫欲の種火《たねび》となって、ちろちろと燃え続けていたのだ。

(今夜だけは、本気で弟にならなくちゃ)

保奈美が燃え上がっていく。

「うんんっ……」

健太は保奈美の髪を何度も優しく撫でた。うっとりとした表情の保奈美が、ペニスに舌を絡めたまま、ゆっくりと首を振り始めた。

くちゅくちゅくちゅくちゅと、聞くに堪《た》えないようなおぞましい音が室内に響く。

その音が、さらに興奮を高めていった。

「くふううううっ……」

保奈美の舌の熱さをペニス全体で感じる。

漲る肉幹をしゃぶり上げる保奈美の頭を両手で抱えるようにしながら、艶《つや》やかな黒髪をゆっくりと何度も撫で続ける。

「ああっ、お姉ちゃん……最高だよ……」

健太の声に呼応するように、保奈美のしゃぶり上げる速度がどんどん上がっていく。頬をいやらしくへこませて、思いっきり吸引してくる。

「ううううううっ……お姉ちゃんっ！　くふうううっ……気持ち良いよ！」

ベッドの上で全身を激しく悶《もだ》えさせる。たまらなかった。意識が朦朧《もうろう》とする。

保奈美にフェラチオをしてもらうのは、初めてではない。

しかし、今夜の保奈美は迫力が違った。ペニスを食い千切られてしまいそうで怖いくらいだった。

体温よりかなり熱い舌で、ねっとりと亀頭を舐《ねぶ》りまわされる。舌先が尿道口に差し込まれ、中をチロチロと舐《ねぶ》られた。

神経を引き千切られるような強烈な快感が走る。全身に鳥肌が広がった。

「お姉ちゃん……ああっ……だめです……もう、出ちゃう……あうっ、出るっ！」

どぴゅっどぴゅっどぴゅっと、大量の精液が吹き上がる。

「ひいいいいいいっ……出るっ！　出るっ！　まだ、出るっ！」

びくびくびくびくっ。

しばらくの間、健太はベッドの上で白目を剝いて痙攣を続けていた。四肢《しし》を投げ出し、だらしなく口も開けっ放しだ。

保奈美の口の中に精液を出し尽くす。

健太の股間から顔を上げた保奈美が、わざと健太に見えるように、ごっくんっと精液を飲み干した。

「ああっ、お姉ちゃん……ありがとう」

保奈美の笑顔は、とっても幸せそうだった。

4

「あたし……なんだかヤバいかも。スイッチが入っちゃったみたい……」

見つめてくる保奈美の眼差しが、とろんとしていた。

「ねえ……そろそろ、お姉ちゃんのことも気持ち良くして……」

健太は口の中にたっぷりと溜まった唾をごくりと呑み込んだ。あまりに大きな音だったので、保奈美に聞こえてしまったのではないかと心配なほどだ。

保奈美が自分でブラウスのボタンを外していく。

(うわぁ……保奈美さん、エロいよ。エロすぎるよ)

巨乳はブラウスのボタンが留まらないと雑誌で読んだことがあったが、保奈美も上から三つがすでに外れていた。だからブラウスはすぐに脱げてしまう。可愛らしいレースで縁取られた純白のブラジャーが剝き出しになる。ブラジャーをしていても、保奈美の豊満な乳房は、その半分も隠れていなかった。

タイトスカートのファスナーを下ろす。むっちりとした大きな尻を左右に何度も振りながら、スカートを脱いでいった。不安定なベッドの上だったので、脱ぎづらそうだったが、それがかえって興奮をそそる。

ブラジャーと揃いの純白のTバックパンティが、肌色のパンティストッキングから透けて見えていた。

(す、すごい……)

「パンスト、脱がしてくれる？」

「は、はい！」

健太はウエストの部分に指を掛けると、まるで皮を剝くかのように、艶《なま》めかしい下半身からパンティストッキングを引き剝がしていった。

なかなか上手《うま》くいかない。保奈美が腰を浮かしたり、脚を上げたりして協力してくれたので、汗を掻きながらもなんとか脱がすことができた。

「まあ、それ……」

「えっ？」

保奈美が健太の股間を指差した。ほんのちょっと前に保奈美のフェラチオで射精したばかりだというのに、ペニスはすでにぎんぎんの勃起状態に戻っていた。

（うわぁ！　ど、どうしちゃったんだ！）

慌てて両手で隠したが、もう遅い。

「ふーん。パンストを脱がすだけで、そんなに興奮するんだ。意外と変態なのね」

保奈美がちょっと意地悪そうな顔で笑っている。

「いえっ……これは……」

「だって、もうそんなに大きくしてるじゃない」

「ううっ……」

「そうやっていつもお姉ちゃんのことを想像しながら、オナニーしてたんでしょう？」

「そ、そんなこと、してないよ……」

「嘘をついてもだめよ。お姉ちゃんの下着を使ってこっそりオナニーしてるの、ちゃんとわかってるんだからね」

（そうだった。弟さんがオナニーしてるのに気づいてたって、前に言ってたよな）

「ああっ、お姉ちゃん……ごめんなさい……」

保奈美の顔つきが優しいものに変わる。

「いいのよ。あたしでオナニーしたいんなら、好きなだけしても」

保奈美の濡れたように掠《かす》れた声が、まるで催眠術のように聞こえる。

気がつくと、自分の勃起した肉棒を保奈美に見せつけるようにしながら、激しく扱き上げていた。

「ああああっ……お姉ちゃんのエッチな姿を見ながらオナニーしたいよ」

思いっきり甘えた声で言ってみた。その言葉で、保奈美の目つきが変わった。

「お姉ちゃんの……オナニーしてるところも見たいのね」

健太は大きく頷く。

「わかったわ。お姉ちゃんが恥ずかしいことをするとこ、いっぱい見せてあげる」

保奈美がベッドの上で脚をM字に開いた。パンティの上半分がレースになっているので、恥毛が透けて見える。

保奈美のすぐそばににじり寄り、もっこりと盛り上がったパンティ越しの恥《ち》丘《きゅう》を凝視した。その間も肉幹を扱く手の動きはとめない。

「あんっ、そんなに近くで見られたら、恥ずかしくてできなくなっちゃう」

言葉とは裏腹に、保奈美は右手でパンティの上から股間を愛撫し始めた。

「はうううう……」

柔らかな肉丘を中指と薬指でぐりぐりと揉みまくるので、パンティ越しに性器の形が浮き上《あ》がって見えてくる。

保奈美は空いている左手をブラジャーのカップの中に押し込むと、豊満なおっぱいを摑み出した。

中指と親指で優しく乳首を転がし始める。チェリーピンクのマニキュアに彩られた指先が、尖《とが》った乳首を弄《もてあそ》ぶ様《さま》がなんとも淫らだ。

「ああああっ……見てる？　お姉ちゃんがエッチなことしてるの、ちゃんと見てる？」

もちろん見ていた。見るなと言われたって、絶対に見ただろう。

「はうううううっ……お姉ちゃん、見てるよ。ああっ……すごいよ……」

健太も自分の肉棒を扱く速度を上げた。

目と鼻の先で美熟女がオナニーしているのだ。今まで観たどんなアダルトビデオよりもはるかにすごい刺激だった。

「あううっ……見てるのね……お姉ちゃんがオナニーしてるとこ、見てるのね……あああっ……」

保奈美は瞼《まぶた》をきつく閉じ、首を左右に振りながら、股間の上で円を描くように激しく揉みまくった。

パンティがすでにぐっしょりと濡れて、性器の肉色が透けて見えている。少女のように美しい二枚貝が、パンティ越しにもはっきりと姿を現していた。

（保奈美さんのおま○こ、すごく綺麗だ！）

もう、我慢できなかった。気がつくと、保奈美のパンティに手を掛け、強引に脱がせていた。

「あんっ、いやっ」

そのままもう一度保奈美の躰をM字開脚にさせると、目の前に咲き誇る女の花園に思いっきり吸いついた。

「ひいいいいいいっ！」

保奈美が上半身を仰け反らせ、痙攣を始める。ベッドの上でのたうちまわる豊満な肉体の反応を窺いながら、白濁《はくだく》した潤みを溢れさせている淫裂に沿って、何度も何度も舌で力強く舐め上げた。

「あうううっ、すごいっ……はあああっ……」

保奈美の最も敏感なところは、筆おろしをしてもらったときにわかっていた。淫裂の最上部の合わせ目を親指で捲り上げ、ルビー色に輝くクリトリスを剝き出しにした。

空気に触れた淫核は、すでに硬く尖り始めている。その先端を唇で挟むと、思いっきり強く吸い上げた。

「あひいいいいいいいいっ！」

白目を剝いて激しい痙攣を始めた保奈美の躰を、ベッドに力ずくで押しつけながら、なおもぐりぐりと舌で抉《えぐ》り続ける。

「いやぁ……だめっ……あううっ……すごいっ……きついっ……きつすぎる

……」

保奈美は今にも死にそうに思えるほど、激しく身悶《みもだ》えて絶叫していた。どこまでやっていいものか、どのあたりが限界なのか、健太には判断がつかない。

いくらなんでもこれはやりすぎなのではないかと、怖くなりかけていた。しかし、保奈美の乱れ狂う妖艶《ようえん》な姿を見ていると、もっと感じさせたいという強い思いがどうしても勝ってしまう。

震える肉真珠に歯を当てると、甘噛みしてみた。

「うぐうううっ……イクッ……イクッ……イクッ……ああっ……イクッ！」

がくんっがくんっと保奈美の上半身が飛び跳ねた。絶頂に達したのだ。

そのとき、激しく暴れる保奈美の躰を押さえつけようとして、指先がつるっと滑ってしまった。淫蜜を溢れさせて泥濘《ぬかるみ》のようになっていた女の花園に、中指と薬指がずぶりと突き刺さってしまう。

「あうううううううううっ！」

驚いた顔の保奈美が、健太を見る。口をぱくぱくして何かを訴えようとするが、その声はまともな言葉にはならない。

見開いた瞳もすでに焦点を失っていた。

健太は慌てて二本の指を引っ張り、抜こうと試みた。

手首に力を込めてぐいっと引っ張ると、真っ赤に充血して腫れ上がった花肉が盛り上がり、健太の指に絡みついてきた。閉じ合わさった二枚貝に、まるで噛みつかれたみたいだった。

指がぐいぐいと、奥のほうへと引っ張られたのだ。蠢《うごめ》く淫肉が指に喰いつき、どんどんと引きずり込んでいく。

「あううっ……そんなっ！　また、イッちゃう……もう、だめっ……」

保奈美の肉体は、壊れた操《あやつ》り人形のように四肢がバラバラに跳ねている。目からは涙が、口からは涎が溢れ、全身はまるで日焼けローションを塗りたくったみたいにぬらぬらと汗で照り輝いていた。

健太はもう一度、二本の指を強く引っ張ってみた。半分くらい姿を現したところで、今度は自分からわざと指を奥深くまで突き刺す。指が根元まで、ずぶずぶと肉園に沈んでいく。

保奈美が激しく全身を痙攣させながら、絶叫に近い喘ぎ声を上げた。

（すごい！）

気がついたら、これをひたすらに何度も繰り返していた。

どうしてそんなことをしているのか、自分でも理由なんてわからない。

ただ、目の前の美しい女性が死ぬほどの快楽に泣き叫ぶ姿を、もっともっと見たいと思ったのだ。

その様子を見つめながら、勃起した肉棒を思いっきり扱き続けた。

保奈美の女の花園は、まるで生き物のように蠢き、ぐちょぐちょと音を立てながら指に絡みついてきた。

指先がこりこりとした突起に当たる。そこを擦《こす》るようにしてあげると、保奈美は全身を激しく突っ張らせて絶叫した。

「あううううっ！　ほんとに死んじゃう！　死んじゃう！　イクッ！　イクッ！」

大量の潮《しお》をしぶきながら、保奈美が絶頂を迎えた。

「おうううっ！　出るっ！　出るっ！　出るっ！」

健太も射精した。放出した大量の精液が、保奈美の乳房や顔に降りかかった。

灼熱の精液をたっぷりと受けた保奈美の顔は、幸福に満ちているように見えた。

5

「もう許さないからね！」

「ご、ごめんなさい」

「ごめんじゃないわよ。ほんとに死ぬかと思ったんだから」

「でも、死ぬほど気持ち良かったってことでしょ？　イクときのだめは、だめじゃないだめだって……」

「ものにはね、限度ってものがあるのよ！」

五分ほど失神していた保奈美は、意識が戻ったとたんに本気で怒り出した。健太は素直に謝ったが、許してもらえそうにはなかった。

保奈美は健太の躰を入れ替わりにベッドに仰向けに寝かせると、両脚の間に入って、ペニスを力一杯握り締めてきた。

「ちょっと、なんで勃《た》ってないの！　いったいどういうことよ」

「ごめんなさい。お姉ちゃんのオナニーを見ながら、二発目を出しちゃったんで」

「そんな勝手なことが許されると思ってるの！」

力なく項垂《うなだ》れている健太のペニスを、保奈美が右手で激しく扱き上げる。

「あああっ……そんな……気持ち良いです……」

「気持ち良いなら、さっさと勃たせなさいよ」

「ああっ、もうちょっと待って」

目を閉じ、うっとりとする。保奈美の怒りは収まらない。

「じゃあ、お姉ちゃんがすぐに勃たせてあげるわ」

保奈美の瞳が妖しく光る。左手の中指をぺろりと舐めた。

「えっ？」

驚いて顔を起こしたときには、もうすでに遅かった。

保奈美の中指の先が、健太のアヌスに押し当てられていた。

「うわあああ！　ちょ、ちょっと、待ってください！」

「だめー。待たない」

保奈美と目が合う。保奈美が優しく微笑んだ。

「お姉ちゃんが、裏口入学させてあげる」

保奈美が指先を、ゆっくりと沈め始めた。

「ひいいいいいい！」

秘密の裏門に、保奈美のしなやかな指が第一関節まで入ってしまった。

健太は必死で尻の穴に力を入れて押し戻そうとする。しかし、力を入れれば入れるほど、保奈美の指の微妙な動きを敏感に感じてしまい、どんどんと下半身が麻痺《まひ》していくようだった。

（あああっ……なんなんだ、この感触は……）

ぞわぞわと鳥肌が広がる。気持ち悪いんだか気持ち良いんだかわからない。とにかくすごかった。

ついに下半身から力が抜けてしまう。その瞬間、ずるずると直腸の奥深くまで、保奈美の指が入り込んでしまった。

「ほらっ、根元まで全部入ったわよ」

「うぐううぅっ……お姉ちゃん……はううっ……助けて！」

「何を言ってるの。おかげでビンビンになったじゃない」

たしかに健太のペニスは、逞しく漲っていた。

「ああああああっ……」

「お尻の穴に指を突っ込まれてすぐに勃起させちゃうなんて、やっぱり変態ね」

「くふううううううっ！」

健太は涙目になりながら、必死で助けを求めようとするが、口をぱくぱくさせるだけで、まったく言葉にならない。さきほどと攻守交代だ。

「まだまだこれからよ」

保奈美は健太の裏門に沈めた中指の第一関節を少しだけ曲げると、直腸を抉《えぐ》るように抽挿《ちゅうそう》させ始めた。さらにリズムを合わせながら、右手で健太の漲った肉棒を、がんがんと扱き上げる。

「あううううう……ひいいいいいっ……くうううううっ……」

健太は涙を流しながら、全身を激しく痙攣させた。

「あううっ！　だめっ！　出ちゃいそう！　ううっ！　出ちゃう！」

健太の悲鳴を聞いて、保奈美がぴたりと手の動きをとめた。ゆっくりと裏門から指を抜く。

「危ない、危ない。……まだ、イっちゃだめよ」

ブラジャーを外して全裸になった保奈美が、健太の上に跨《またが》ってきた。はち切れそうなほど勃起しているペニスを摑むと、淫裂の合わせ目に宛がう。

そのままペニスの先端を、ぐりんぐりんと熱く濡れた花弁で擦《こす》りまわした。

「あうっ！　あうっ！　あうっ！　あうっ！　あうっ！」

亀頭の神経を引き千切《ちぎ》られるような鋭い快感に、健太はベッドの上で全身を突っ張らせる。

「じゃあ、そろそろ本番いくわね」

健太は大の字になった状態で、四肢を痙攣させている。

保奈美が一気に尻を落とした。

「あんっ！」

ずっぽりと、ペニスが熱い肉園に呑み込まれる。保奈美の興奮を示すように、淫襞の一枚一枚が蕩《とろ》けるほど柔らかくなっていて、肉幹にいやらしく絡みついてくる。

おぞましいまでの快楽が、ペニスの奥底から内部の神経を駆け抜けていく。

保奈美が腰を振り始める。

「あああああっ……すごいわっ！　いいっ……おちんちんが、奥に当たってる。あううっ……子宮に……当たる！」

「うおおおっ……気持ち良い！　お姉ちゃんっ！　気持ち良い！　すごいよっ！」

健太は口から泡を吹きながら、躰を震わせた。

すごかった。すごすぎて、苦痛なのか快楽なのかもわからなくなる。もう、どちらでも良かった。

今はただ、保奈美の躰のすべてを味わいたい。

空《くう》を摑むように、夢中で両手を伸ばした。ぶるんぶるんと目の前で揺れている巨大な双乳を鷲摑みにする。

限界を超える快楽を少しでも紛らわせようと、思いっきり力を込めて、ぐいぐいと西瓜《すいか》乳を揉み続けた。しかし、手のひらに感じる柔肉の感触が、さらに快楽を高めてしまう。

「あううううっ……お姉ちゃん……もう……我慢できないよ……」

保奈美が脚をM字に開く。

背中を反らせながら、両手を背後にまわして健太の太腿の上に置いた。激しいリズムで尻を叩きつけてくる。

「ああっ……ああっ……だめっ……ああっ……ああっ……いいっ……」

どろどろの肉園が、ぐちゅぐちゅと肉棒をしゃぶり上げる様子が丸見えになる。熱湯のような淫水が大量にしぶいて、顔にかかった。

絡み合った性器から、濃密な性の腐臭《ふしゅう》があたり一面に漂う。意識が朦朧としてくる。性器の奥底が気持ち良すぎて、涙が出そうだ。

「うおおおっ！　出るっ！　出るっ！　出るっ！」

マグマが大噴火した。体中の血が、すべて精液になって射精したみたいだった。ペニスが爆発し続ける。

「あああああっ！　熱いっ！　熱いわっ！　イクッ！　イっちゃう！　イクゥ！」

保奈美が健太に抱きつくように覆い被さった。

「くふううううっ！　出るっ！　出るっ！　まだ出るっ！」

互いに激しく痙攣を続ける中で、必死に唇を求め合う。唇を合わせ、舌を絡め、唾液を飲み、びくびくと震える性器をぴったりと押しつけ合う。

（ああっ、蕩けちゃう……）

いつまでも躰を一つにしたまま、きつく抱き合っていた。

6

やっと痙攣が収まった保奈美が、のろのろと健太の上から降りた。まだ勃起を保っていたペニスが、ずるずると性器から抜ける。

その刺激で、健太が呻き声を上げた。

「健太君、大丈夫だった？」

「ふうー。全然大丈夫じゃなかったですけど、最高に良かったです」

保奈美が、ぷっと吹き出す。

「これだけのすごいことをして、そんな余裕があるようじゃ、君もなかなかのすごい男になるかもね」

「お姉ちゃんにそう言ってもらえると、僕としても自信が持てます」

「もう、お姉ちゃんはいいわよ」

「保奈美さん……」

保奈美が優しい笑顔で健太を見つめる。

「健太君……ありがとう」

「こちらこそ、ありがとうございます」

「ほんとはあまり乗り気じゃなかったのに、あたしのこと、心配してくれたんでしょう？」

「なんだ、わかっちゃってたんですね」

「女はね、躰を合わせると、相手の男のことがわかるのよ」

保奈美が手のひらで、健太の額《ひたい》の汗を拭ってくれる。

「初めてのセックスのとき、ずっと弟さんのことを話していたから……」

「やっぱり、気づいてたんだ。あたしがブラザーコンプレックスだってことに」

「はい……」

保奈美が健太の乱れた髪を、指でそっと梳《す》いていく。

「あたしは子供の頃から、弟のことが好きだった。その感情が姉と弟のものではないって気づいたのは、弟が高校に入学したときだったわ。制服姿の弟を見て、性的に興奮したの。もちろん、そんなことは言えるわけないから、こっそり弟をオカズにオナニーするのが精一杯。でも、あたしたちは本当に仲の良い姉弟だった。買い物に行ったり、ご飯を食べに行ったり、映画を観に行ったり、いつも一緒だった。あの日が来るまでは……」

「あの日？」

「夜の首都高速を走っていた弟の乗ったバイクに、居眠り運転の大型トラックが突っ込んだの。即死だった……」

「そ、そんな……」

「お葬式が終わっても、あたしは毎日泣き続けていた。泣いて泣いて泣き続けて、そのまま死んでしまうんじゃないかって、自分が怖くなったの。それで悲しみから逃げようと思って、たまたまプロポーズしてくれた会社の先輩と、たいして好きでもないのに結婚しちゃった」

「だから……離婚したんですね……」

保奈美が今にも泣き出しそうな顔で、苦笑いする。

「もちろん、それだけじゃないけど……一番の原因であることは認めるわ。やっぱり、忘れられなかったんだ」

「保奈美さん……」

「あたし、どうしようもない女よね」

健太は首を横に振った。

「誰だって、心に病《やまい》を抱えているんです。それって、むしろ人間らしいってことなんじゃないですか？　悩んだり、苦しんだり、間違えたり、失敗したり……だからこそ、人間なんです。上手《うま》くいかなくてもいいじゃないですか。躰が風邪《かぜ》を引くように、心だって風邪を引くんです。風邪は治せばいい。ちょっとずつ、乗り越えていけばいいんです」

保奈美は大粒の涙を流して泣いていた。

「健太君……ありがとう」

「僕、難しいことはわからないし、うまく言葉にできないんですけど……弟さんのこと、忘れることなんてないんじゃないでしょうか？　弟さんの思い出と、ゆっくりと時間をかけて向き合っていくのも、一つの生き方だと思うんです」

「健太君……」

「すみません。なんにもわからないくせに、生意気言って……」

「ううん。そんなことない。絶対にそんなことないよ。きっと、健太君の言うとおりだと思う」

「保奈美さん……」

「ありがとう。あたし、のんびりやっていくよ。弟の思い出と一緒に……」

健太は笑顔で頷いた。

気がつくと、夜も更けていた。時計の針は、二十六時を指している。

「もう、二十六時です。そろそろ朝刊が届く時間ですね。また新しい一日が始まりますよ」

健太が両手の握り拳《こぶし》を真っ直ぐに突き上げ、大きな伸びをする。

保奈美が涙を拭いて、笑顔を見せた。

「そうね。新しい一日が始まるのね」

「さあて、起きて、今日も配達に行きますか」

ベッドから起き上がろうとした健太の躰を、保奈美が押しとどめる。

「その前に、最後のお掃除フェラしてあげる」

ウインクをした保奈美が、健太のペニスをぱっくりと咥えた。

「くふううううううっ……」

健太は再び、両手両足をベッドに投げ出した。

エピローグ

お盆休み。

健太は新聞休刊日と自分の休日を合わせて、二泊三日で帰省した。久しぶりの故郷の街だった。

何もかもが懐かしい。まだ五カ月にもならないくらいだというのに、なんだかずいぶんと時間が経ったような気がした。

顔は日に焼けて真っ黒だった。腕や脚には、しっかりと筋肉がついている。それだけではなかった。自分でも、この町を出た頃とはもう違うのだという自覚があった。

たくさんの人に出会った。

誰もが心になんらかの苦しみを抱えているのだと知った。悩みのない人なんていない。だからこそ、人は支え合って生きていくのだ。

たくさんの人との出会いによって、そのことを学ぶことができた。

（麻衣子さん……僕はあなたを支えられるような大人の男になりたくて、東京に出たんだ。まだまだ胸を張って立派な男だなんてとても言えないけど、今だったら、あなたに逢える気がする）

健太は麻衣子の家を訪ねることにした。

人は誰だって、心に悩みを持っている。自分にできることはまだまだ少ない。それでも本気で接することにより、相手も自分も成長していけるのだ。出会ってきたみんなから、そのことを教えてもらった。今の自分なら、麻衣子に逢ってもいいと思えた。

それでもいざ逢おうと思うと、躊躇《ためら》いがあった。

（本当に僕なんかで、麻衣子さんの心の支えになれるんだろうか？）

東京を出たときは意気揚々としていたのに、麻衣子の家が近づいてくるにしたがって、健太の気持ちはだんだん沈んでいく。足取りが重くなっていった。

麻衣子の家の近所の公園を通り抜けた。そのとき、木陰《こかげ》のベンチにぼんやりと座っている麻衣子を見つけた。

無表情のまま、ボール遊びをしている子供たちをずっと見ている。ずいぶんと痩《や》せてしまったように見えた。

近くまで行っても、まだ健太に気づく様子はない。

寂しげな後ろ姿を見ていたら、涙が出そうになった。

麻衣子のそばにいてあげたい。麻衣子のことを守ってあげたい。

健太は麻衣子の背後からまわると、両手でそっと彼女の目を覆った。

「だーれだ？」

もちろん、わかるはずなんかないだろう。五カ月ぶりで、そもそも健太は麻衣子にとって、恋人でもなんでもないのだから。

それでも健太はそうしたいと思った。そうせずにはいられなかった。

自分のぬくもりで、少しでも麻衣子を包んであげたい。

「健太君でしょ」

少しの躊躇いもなく、麻衣子は健太の名を呼んだ。

「えっ？」

「ふふふふふっ……」

「な、なんでわかったの？」

「待ってたから」

「待ってた?」

「そうよ。ずっと待ってたんだから、健太君のこと……」

「ま、麻衣子さん……」

「こらっ、遅いぞ」

麻衣子が振り返った。

少しだけ笑顔が戻っていた。まだまだぎこちない。それでも健太が大好きだったあの笑顔だ。

「麻衣子さん、ごめんね。僕が受験勉強で悩んでいた頃、麻衣子さんの笑顔だけが心の支えだった。それなのに、僕は麻衣子さんに何もしてあげられなかった」

健太の目から、ぽろぽろと涙がこぼれる。

「それは違うよ。あたしね、パパが亡くなってから、ずっと苦しかったんだ。苦しくて苦しくて壊れそうだった。でも、配達に行けなくなってから、あらためてわかったの。あたしこそ、健太君の笑顔にいつも助けられていたんだって。健太君の笑顔が、あたしの支えだった」

麻衣子がそっと手を伸ばし、細い指先で健太の頬を流れる涙を拭った。

「あの頃、いつも健太君のことを考えてた。すごく逢いたいって。でも、あたしは年上だし、健太君の受験の邪魔をしちゃいけないと思って、我慢したの。そのうち、健太君が東京の大学に行っちゃったって知って、とても悲しかった」

「それは……」

「うん。後で、森口所長さんから聞いたよ。心理学の勉強をするためだったんだってね。それも、あたしのために……嬉しかった……」

健太は両手で、麻衣子の手を包み込むように握り締めた。ずいぶんと瘦せてしまっている。

「麻衣子さん……ずっと、あなたに逢いたかった……」

「あたしも健太君に逢いたかった。来てくれて、ありがとう」

「麻衣子さん……」

二人は見つめ合った。少しずつ、自然に顔が近づいていく。そのとき、急に麻衣子の顔色が変わった。健太の首筋をじっと見ている。

「健太君？　それ、何？」

「えっ？」

「首についてる赤い痣《あざ》……それって、キスマークじゃないの？」

「えええっ？」

「まさか、東京で綺麗な女の人といいことしてきたんじゃないでしょうね？」

麻衣子が健太を睨《にら》む。

「ち、違います……」

「あっ、なんか、動揺してる。怪しいなぁ。ちょっとよく見せなさい！」

麻衣子が健太の首筋のあたりを覗き込んでくる。仕方なく、健太は目を瞑《つぶ》ると、顔を麻衣子のほうに突き出した。

その瞬間だった。

「んんっ？」

とっても温かで、それでいてすごく柔らかなものが、健太の唇に押しつけられた。一秒、二秒、三秒、四秒、五秒……。

健太は目を開けた。目の前に麻衣子の顔があった。

麻衣子にキスされたのだ。

すぐに麻衣子が離れる。

「うっそー。キスマークなんてないよ」

麻衣子が悪戯《いたずら》っぽい顔で笑っている。

「……ひどいなぁ」

「あら、こんな手に引っかかるなんて、なんか心に疚《やま》しいことでもあるんじゃないの？」

麻衣子がにやにやしている。

「そ、そんなのないよ……」

「どーだか。東京には綺麗な女の子がいっぱいいるんでしょうから」

「麻衣子さんより綺麗な子なんて一人もいないよ」

「もう、調子の良いことばっかり言って……」

「ほんとだよ。僕にとっては、麻衣子さんが世界で一番だよ。その気持ちはずっとずっと変わらないから」

「東京に行ったら、すっかり口が上手になったわね」

麻衣子が声を上げて笑った。

「やっぱり、麻衣子さんは笑顔が一番素敵だね」

健太は麻衣子を力一杯抱き締める。

どちらともなく、二人は再び、唇を合わせた。

※この作品は双葉文庫のために書き下ろされたもので、完全なフィクションです。

双葉文庫

し-36-01

エスプリは艶色《つやいろ》

2014年7月12日　第1刷発行

【著者】
新藤朝陽《しんどうあさひ》

【発行者】
赤坂了生
【発行所】
株式会社双葉社
〒162-8540 東京都新宿区東五軒町3番28号
［電話］03-5261-4818(営業)　03-5261-4833(編集)
www.futabasha.co.jp
(双葉社の書籍・コミックが買えます)
【印刷所】
株式会社亨有堂印刷所
【製本所】
株式会社若林製本工場

【表紙・扉絵】南伸坊
【フォーマット・デザイン】日下潤一
【フォーマットデジタル印字】飯塚隆士

落丁・乱丁の場合は送料双葉社負担でお取り替えいたします。
「製作部」宛にお送りください。
ただし、古書店で購入したものについてはお取り替えできません。
［電話］03-5261-4822(製作部)

ISBN978-4-575-51696-8 C0193
Printed in Japan